НАТАЛИЯ ОЗЕРНАЯ

русско-английский

разговорник

ДЛЯ ЭМИГРАНТОВ

ENGLISH FOR NEW AMERICANS
A Russian-English Conversational Manual
by
NATALIA OZERNOY

ЭРМИТАЖ

1982

Наталия Озерная

РУССКО-АНГЛИЙСКИЙ РАЗГОВОРНИК
для эмигрантов

ENGLISH FOR NEW AMERICANS
A Russian-English Conversational Manual

Copyright ⓒ 1982 by Natalia Ozernoy

Library of Congress Cataloging in Publication Data

Ozernoy, Natalia.
    Russko-angliiskii razgovornik dlia emigrantov.

    1. English language—Conversation and phrase books—
Russian. I. Title. II Title: English for new Americans.
PE1131. 09 1982   428.3'49171   82-11705
ISBN 0-938920-21-9

Price $9.00

Published by HERMITAGE
P. O. Box 410
Tenafly, N. J. 07670, U. S. A.

СОДЕРЖАНИЕ

CONTENTS

ПРЕДИСЛОВИЕ

INTRODUCTION: HOW TO USE THIS BOOK

Эта книга является практическим пособием по приобретению навыков английской разговорной речи и рассчитана на широкий круг эмигрантов, желающих самостоятельно получить или углубить знания в области английской бытовой лексики. Книга будет также полезна американцам, изучающим русский язык. Пособие может быть использовано как самостоятельно, так и при занятиях на курсах.

Книга содержит 20 разделов и два приложения. Тематика книги охватывает широкий круг вопросов, представляющих большой практический интерес для эмигрантов (как снять квартиру, как купить машину, как найти работу, как открыть счет в банке и т. д.)

Пособие содержит обширный список слов и выражений, употребляемых в различных бытовых ситуациях. Для того, чтобы читатели видели, как предлагаемые слова и выражения используются в разговорной речи, каждый раздел снабжен иллюстративным диалогом.

Приложение 1 содержит ряд дополнительных слов, выражений и тем, относящихся к времени, дням недели, месяцам, временам года и т. п. В Приложении 2 приведены единицы измерений и данные, необходимые для перевода англо-американских единиц измерения в метрические и метрических — в англо-американские.

Для удобства читателей, еще не научившихся хорошо читать по-английски, в разговорнике приводится русская транслитерация английских звуков.

Английское произношение сильно отличается от русского, поэтому приведенная в разговорнике транслитерация дает лишь очень приближенное представление о том, как звучат английские слова. Эту транслитерацию не следует считать эталоном английского произношения, ее предлагается рассматривать лишь как полезное аудио-визуальное дополнение.

Английское произношение и написание неадекватны. Примером этого явления могут служить сочетания гласных ee, ea, ei, ie, которые произносятся как долгий русский звук **И**, например,

reed	(тростник)	— рид
read	(читать)	— рид
receive	(получать)	— рэ'сив
believe	(верить)	— бэ'лив

Аналогично, сочетания букв ue, ew, oo, ough произносятся как долгое русское **У**, например,

blue (голубой)	— блу
blew (дул)	— блу
food (пища)	— фуд
through (через)	— фру

Следует обратить внимание на то, что сочетание ough произносится по-разному в различных словах, например,

enough (достаточно)	— и'наф
thought (думал)	— фот
plough (плуг)	— 'плау
through (через)	— фру

Более того, ряд английскийх звуков вообще не имеет аналогов в русском языке, например, сочетание th, которое может обозначать два различных звука. В транслитерации они обозначены звуками Д и Ф, хотя на самом деле эти звуки лишь отдаленно напоминают английские. То же самое можно сказать о букве w, которая обозначена в транслитерации, как и буква v, звуком В, хотя в английском языке этот звук скорее напоминает сочетание звуков УОВ, которые произносятся слитно. Однако такая транслитерация чрезвычайно затруднила бы произношение. В связи с этим, автором использованы такие упрощения, которые позволяют получить достаточно близкое к действительности звучание английской речи.

В английском языке очень большое значение имеют долгота и краткость гласных звуков. Неправильное произношение может изменить значение слова. Каждая из пяти гласных a, e, i, o, u, может быть долгой и краткой, например,

долгие гласные звуки:

a – agent (агент)	— эйджнт
e – please (пожалуйста)	— плиз
o – row (ряд)	— роу
i – pie (пирог)	— пай
u – rude (грубый)	— руд

краткие гласные звуки:

cat (кот)	— кэт
pet (домашнее животное)	— пэт
not (нет)	— нот
fish (рыба)	— фыш
butter (масло)	— 'батэр

Сочетания er, ir, or, ear произносятся как звук Ё, например,

term	(срок)	— тёрм
firm	(фирма)	— фёрм
word	(слово)	— вёрд
heard	(слышал)	— хёрд

В английском языке существуют также отсутствующие в русском языке полудолгие гласные звуки и особое чередование гласных, например,

father	(отец)	— ’фадер
pier	(пирс)	— пир
out	(вне)	— аут

Произношение английских согласных звуков также отличается от произношения русских согласных. Английские согласные произносятся более отчетливо и твердо, например,

bib	(детский нагрудник)	— быб
kick	(пинок)	— кык
lid	(веко)	— лыд
ship	(корабль)	— шып
quick	(быстрый)	— квык
vest	(жилет)	— вэст
deep	(глубокий)	— дип
cheap	(дешевый)	— чип
peak	(пик, острие)	— пик

Читателю следует обратить внимание на ударение в транслитерации: тот слог, перед которым стоит знак ударения ’ , является ударным, например, интер’сэкшн (ударение на ’сэкшн). Следует также обратить внимание на другие знаки, используемые в разговорнике:

/ — Альтернатива между словами, группами слов или выражениями. Примеры: Где примерочная? Where is the fitting / dressing room?
Поезжайте до первого /второго перекрестка. Go to the first/ second intersection.
Заходить к кому-либо. To call on / to stop by / to drop in.

( ) — Дополнительное объяснение или вариант, связанный с отрицанием (текст в скобках может быть опущен). Примеры:
безопасная бритва (safety) razor
я (не) занят I am (not) busy.

... — Перечисление возможных вариантов или дополнение фразы по смыслу. Примеры:
Я бы хотел... I’d like...
одноместный номер a single room

двухместный номер	a double room
и т. д.	
Как доехать до...?	How do I get to...?

Для того, чтобы хорошо овладеть английским языком и английским произношением, необходима постоянная практика. Хорошими источниками такой практики являются радио, телевидение и непосредственная беседа с людьми, для которых английский язык является родным. Следует также широко пользоваться словарями. Имеется большое количество прекрасных словарей, один из которых хотелось бы особенно порекомендовать:

The American Heritage Dictionary of the English Language

Мне хотелось бы выразить глубокую благодарность и признательность Ms. Beatrice Stillman за большую работу по редактированию разговорника. Я хотела бы также поблагодарить Ms. Janet Williams, Ms. Sally Cockle и Mr. Julian Hartzell за ценные критические замечания при чтении рукописи. Разумеется, когда автор такой небольшой книги обязан столь многим большому числу людей, единственное, на что он вправе претендовать как на свое собственное, это возможные ошибки, содержащиеся в разговорнике.

Я буду признательна всем читателям, которые сообщат свои впечатления, замечания или пожелания по улучшению книги.

Наталия Озерная
Сан Франциско, 1982 г.

1. ОСНОВНЫЕ СЛОВА
И ВЫРАЖЕНИЯ

1. SOME BASIC WORDS
AND PHRASES

да

yes
йес

нет

no
но

пожалуйста

please
плиз

Извините меня, пожалуйста.

Excuse me, please.
экс'кьюз ми, плиз

Спасибо.

Thank you.
фэнк ю

Пожалуйста. (В ответ на благодарность.)

You are welcome.
ю ар 'вэлкм

Вы меня понимаете?

Do you understand me?
ду ю андэр'стэнд ми?

Я вас (не) понимаю.

I (don't) understand you.
ай (доунт) андэр'стэнд ю

Повторите, пожалуйста.

Repeat it, please.
рэ'пит ыт, плиз

Говорите медленнее, пожалуйста.

Please speak more slowly.
плиз спик мор 'слоули

кто

who
ху

что

what
вот

когда

when
вэн

почему

why
вай

как

how
хау

1

как далеко	**how far** хау фар
как долго	**how long** хау лонг
сколько	**how much / how many** хау мач / хау 'мэни
здесь	**here** 'хиэр
там	**there** 'дэар
с	**with** выд
без	**without** вы'даут
на	**on / in / at / to** он / ын / эт / ту
в	**in / at / to** ын / эт / ту
до	**to** ту
от	**from** фром
близко	**near** 'ниэр
далеко	**far** фар
что-нибудь	**something** 'самфинг
ничего	**nothing** 'нафинг
достаточно	**enough** и'наф
слишком много	**too much** ту мач
больше	**more** мор

меньше	**less** лэс
немного больше	**a little bit more** э лытл быт мор
немного меньше	**a little bit less** э лытл быт лэс
хороший	**good** гуд
плохой	**bad** бэд
сейчас	**now** нау
позже	**later** 'лэйтэр
Идите сюда.	**Come here.** кам 'хиэр
Войдите.	**Come in.** кам ын
Подождите минутку.	**Wait a minute.** вэйт э 'мынэт
Я (не) готова.	**I am (not) ready.** ай эм (нот) 'рэди
Я ищу...	**I am looking for...** ай эм 'лукинг фор...
Я (не) спешу.	**I am (not) in a hurry.** ай эм (нот) ын э 'хёры
Я голоден.	**I am hungry.** ай эм 'хангри
Мне хочется пить.	**I am thirsty.** ай эм 'фёрсти
Мне жарко / холодно.	**I am hot / cold.** ай эм хот / колд
Где находится...	**Where is . . . ?** 'вэар ыз . . . ?
Что это такое?	**What is this?** вот ыз дыс?
Я (не) занят.	**I am (not) busy. / I am free.** ай эм нот 'бызи / ай эм фри

Я хотел бы . . .	**I would like . . . / I'd like . . .** ай вуд лайк / айд лайк
Можете ли вы мне сказать . . . ?	**Can you tell me . . . ?** кэн ю тэл ми . . . ?
Можете ли вы мне порекомендовать...?	**Can you recomend . . . ?** кэн ю рэко'мэнд . . . ?
Не хотите ли . . . ?	**Do you want . . . ? / Would you like . . . ?** ду ю вонт . . . ? / вуд ю лайк . . . ?
Я (не) хочу.	**I (don't) want.** ай ('доунт) вонт
Я (не) знаю.	**I (don't) know.** ай 'доунт 'ноу
В чем дело?	**What's the matter?** вотс дэ 'мэтэр?
Это все?	**Is this all? / Is that all?** ыз дыс ол? / ыз дэт ол?
Простите! (Если вы не поняли или не расслышали собеседника.)	**I beg your pardon. / Pardon. / Sorry.** ай бэг ё 'пардон / 'пардон / 'сори
Что вы сказали?	**What did you say?** вот дыд ю сэй?
Что это такое?	**What's that?** вотс дэт?
Что?	**What?** вот?

2. ПРИВЕТСТВИЕ И ЗНАКОМСТВО

Слова и выражения

2. SAYING HELLO. MAKING AN INTRODUCTION

Words and Expressions

Доброе утро!

Good morning.
гуд 'морнинг

Добрый день!

Good afternoon.
гуд 'эфтэрнун

Добрый вечер!

Good evening.
гуд 'ивнинг

Спокойной ночи!

Good night.
гуд найт

Здравствуйте! (При знакомстве; в ответ повторяется та же фраза.)

How do you do?
хау ду ю ду?

Здравствуйте!

Hello!
хэ'лоу

Привет!

Hi!
хай

До свидания.

Good bye.
гуд бай

Увидимся завтра / позже.

See you tomorrow / later.
си ю ту'мороу / 'лэйтэр

Можно познакомить вас с . . .

May I introduce you to . . . / I'd like you to meet . . .
мэй ай интрэ'дьюс ю ту . . . / айд лайк ю ту мит . . .

господином Рэлстон

Mr. Ralston
'мыстэр 'рэлстон

госпожей Коэн

Mrs. Cohen
'мисиз 'коэн

моим мужем

my husband
май 'хазбэнд

моей женой

my wife
май вайф

моей матерью	my mother май 'мадэр
моим отцом	my father май 'фадэр
моим сыном	my son май сан
моей дочерью	my daughter май 'дотэр
моим братом	my brother май 'брадэр
моей сестрой	my sister май 'сыстэр

Позвольте представиться.	Let me introduce myself. лэт ми интрэ'дьюс май'сэлф
Меня зовут Ралф Джеймс.	My name is Ralph James. май нэйм ыз ралф джэймс
имя	first name фёрст нэйм
фамилия	last name лэст нэйм
Познакомьтесь с моим другом, пожалуйста.	Meet my friend, please. мит май фрэнд, плиз
Рад с вами познакомиться.	Nice to meet you. найс ту мит ю

Иллюстративный диалог	*Sample Dialogue*
Гарри, вы знакомы с господином Фоксом?	Harry, do you know Mr. Fox? 'хэри, ду ю ноу 'мыстэр фокс?
Нет, мы с ним не встречались.	No, I haven't met him. 'ноу, ай хэвнт мэт хым
Тогда пойдемте, я вас с ним познакомлю, если хотите.	Come along then, and I'll introduce you to him if you like. кам э'лонг дэн, энд айл интрэ'дьюс ю ту хым ыф ю лайк
С удовольствием.	With pleasure. выд 'плэжэр

6

Господин Фокс, мне хотелось бы представить господина Лосева, моего друга.

Mr. Fox, I would like you to meet my friend Mr. Losev.

'мыстэр фокс, ай вуд лайк ю ту мит май фрэнд 'мыстэр 'лосэв

Здравствуйте, господин Лосев. Очень рад с вами познакомиться.

How do you do, Mr. Losev? Nice to meet you.

хау ду ю ду, 'мыстэр лосэв? найс ту мит ю

Здравствуйте, господин Фокс. Я также очень рад познакомиться с вами.

How do you do, Mr. Fox? I'm glad to meet you, too.

хау ду ю ду, 'мыстэр фокс? ай эм глэд ту мит ю, ту

3. ФОРМУЛЫ ВЕЖЛИВОСТИ

После первых приветствий:
Здравствуйте!

обычно следует сказать:
Как поживаете?

В ответ можно сказать:
Прекрасно, спасибо. / Спасибо, неплохо.

А как вы поживаете?

Прощаясь, говорят:
До свидания.

Всего хорошего.

Будьте здоровы.

В день рождения говорят:
Поздравляю вас с днем рождения!

А преподнося подарок, добавляют:
Это от меня с самыми наилучшими пожеланиями.

В Новый год говорят:
С Новым годом!

Спасибо. Вас так же.

За ваше здоровье!

3. FORMULAS OF POLITENESS

How do you do? / Hello!
'хау ду ю ду? / хэ'лоу!

How are you? / How are you doing?
'хау ар ю? / хау ар ю 'дуинг?

Thank you. I'm fine. / Not bad, thank you.
фэнк ю. айм файн. / нот бэд, фэнк ю

How are you? / And yourself?
'хау ар ю? / энд ёр'сэлф?

Good bye. / So long. / See you soon.
гуд бай / 'соу лонг / си ю сун

All the best. / Have a nice day / evening / weekend.
ол дэ бэст / хэв э найс дэй / 'ивнинг / 'викэнд

Take care.
тэйк 'кэар

Many happy returns of the day! / Happy birthday!
'мэни 'хэпи рэ'тёрнз ов дэ дэй! / 'хэпи 'бёфдэй!

This is from me with lots of good wishes.
дыс ыз фром ми выд лотс ов гуд 'вышиз

A Happy New Year to you! / Happy New Year!
э 'хэпи нью 'йиар ту ю! / 'хэпи нью 'йиар!

Thank you. The same to you.
фэнк ю. дэ сэйм ту ю

To your health! / Your health! / Cheers!
ту ёр хэлф! / ёр хэлф! / чирз!

За вас!	Here's to you! 'хиэрз ту ю!
Разрешите вам помочь.	May I help you? / Can I help you? мэй ай хэлп ю? / кэн ай хэлп ю?
Спасибо. Вы очень любезны.	Thank you. It's very kind of you. фэнк ю. ытс 'вэри кайнд ов ю
Нет, спасибо, не стоит.	No, thanks. It's quite all right. It's okay. ноу, фэнкс. ытс квайт ол райт / ытс оу кэй
Извините, пожалуйста.	Excuse me, please. Oh, I am sorry. экс'кьюз ми, плиз / оу, ай эм 'сори
Ничего, ничего. / Все в порядке.	It's okay. That's all right. Sure. ытс оу кэй / дэтс ол райт / 'шуар
Спасибо. / Большое спасибо.	Thank you. / Thank you very much. / Thanks a lot. фэнк ю / фэнк ю 'вэри мач / фэнкс э лот
Пожалуйста.	You're welcome. / Not at all. / Sure. ю ар 'вэлкм / нот эт ол / 'шуар

4. МНЕНИЯ, ЧУВСТВА, ЭМОЦИИ

4. EXPRESSIONS OF OPINION, FEELINGS, EMOTIONS

Согласие и несогласие

Agreement and Disagreement

Ладно.

OK / all right
оу кэй / ол райт

Я согласен с вами.

I agree with you.
ай э'гри выд ю

Очень хорошо.

Very well. / Good. / Fine.
'вэри вэл / гуд / файн

Охотно.

Willingly.
'вылынгли

С удовольствием.

With pleasure.
выд 'плэжэр

Конечно.

Sure. / Of course.
'шуар / ов корс

Я согласен.

Count me in. / I agree.
'каунт ми ын / ай э'гри

Я тоже так думаю.

I think so, too.
ай финк 'соу ту

Я не согласен с вами.

I don't agree with you.
ай 'доунт э'гри выд ю

Я придерживаюсь другого мнения.

I am of a different opinion.
ай эм ов э 'дыфэрэнт э'пыньэн

Об этом не может быть и речи.

That is out of the question.
'дэтыз аут ов дэ 'квэсчэн

Я не согласен. / Я не участвую.

Count me out. / I'll pass on that.
каунт ми 'аут / айл пэс он дэт

Чтобы я пошел к ним — да никогда в жизни!

Me go to them? Not a chance. / No way.
ми гоу ту дэм? нот э 'чэнс / ноу вэй

Ни за что на свете!

Not for the world!
нот фор дэ 'вёрлд!

Ничего подобного!	Nothing of the sort! / Nothing of the kind. 'нафинг ов дэ сорт! / 'нафинг ов дэ кайнд
Сомневаюсь.	I doubt it. / I am not so sure. ай 'даут ыт / айм нот 'соу 'шуар
С какой стати?	Why on earth? / Why in the world? вай он ёрф? / вай ын дэ вёрлд?

Я вышла из себя.	I lost my temper. ай лост май 'тэмпэр
Он сильно рассердился на нее.	He got mad at her. хи гот мэд эт хёр
Что здесь происходит?	What's going on here? вотс 'гоуинг он 'хиэр?
Что все это значит?	What's all this? вотс ол дыс?
Что еще?	What next? вот нэкст?
Не ваше дело. / Это вас не касается.	It's none of your business! ытс нан ов ёр 'бызнэс!
Черт побери!	Damn it all! 'дэмныт ол!
Какая досада!	How annoying! / What a pain! 'хау э'нойинг! / вот э пэйн!
Кончайте!	Cut it out! кат ыт аут!
Какая скука!	What a bore! вот э бор!
Стыдитесь!	Shame on you! шэйм он ю!
Какой стыд!	What a shame! вот э шэйм!
Мне все это надоело.	I'm fed up with all this. / I'm fed to the teeth. айм 'фэдап выд ол дыс! / айм фэд ту дэ тиф

11

Ты сам этого хотел.	You've asked for it. юв эскт 'фор ыт
Это действует мне на нервы.	It gets on my nerves. ыт гэтс он май нёрвз
За кого вы меня принимаете?	What do you take me for? вот ду ю тэйк ми фор?
Ради бога, перестань!	For God's sake, stop it! / Enough already! фор годс сэйк, 'стопыт! / и'наф ол-'рэди

<table>
<tr><td colspan="2" align="center">Одобрение и неодобрение   Approval and Disapproval</td></tr>
</table>

Хорошая мысль!	That's a good idea! дэтс э гуд ай'диа!
Отлично!	Well done! вэл дан!
Молодец!	Good for you! гуд фор ю!
Прекрасно!	Fine! / Great! файн! / грэйт!
Это то, что нужно.	That's it. дэтс ыт
Я не сказал бы, что мне это нравится.	I wouldn't say I like this. / I don't care for this at all. ай вуднт сэй ай лайк дыс / ай 'доунт 'кэар фор дыс э'тол
Похвалиться нечем!	It's nothing to write home about. ытс 'нафинг ту райт 'хоум э'баут
Чепуха!	Nonesense! 'нонсэнс!
Вздор!	Rubbish! 'рабиш!
Он решительно против этого.	He's very much against it. хиз 'вэри мач э'гэнст ыт
Не болтай ерунды!	Don't talk rot. 'доунт ток рот

<table>
<tr><td colspan="2" align="center">Поведение   Conduct</td></tr>
</table>

Этот ребенок не умеет себя вести.	That child has no manners. дэт чайлд хэз 'ноу 'мэнэрс

Она совсем отбилась от рук.

She is out of hand altogether.
ши ыз аут ов хэнд олту'гэдэр

Научи его, как себя вести!

Will you teach him manners?
выл ю тыч хым 'мэнэрс?

Ведите себя прилично!

Behave yourself.
би'хэйв ёр'сэлф

Она задирает нос.

She's stuck-up.
шиз ста'кап

Желание

Desire

Что вы хотите?

What do you want?
вот ду ю вонт?

Я очень хотел бы поехать.

I'd just love to go.
айд джаст лав ту 'гоу

Что бы вы хотели делать?

What would you like to do?
вот вуд ю лайк ту ду?

Ей ужасно хочется тебя видеть.

She's dying to see you.
шиз 'дайинг ту си ю

Если бы ты мог остаться еще на недельку!

I wish you could stay another week.
ай выш ю куд стэй э'надэр вик

Мне что-то не хочется обедать сейчас.

I don't feel like having dinner now.
ай 'доунт фил лайк 'хэвинг 'дынэр 'нау

Лучше уж я не буду.

I'd rather not.
айд 'радэр нот

Это как раз то, что я не хочу делать.

That's exactly the thing I don't want to do.
дэтс и'гзэктли дэ финг ай 'доунт вонт ту ду

Беседа и спор

Discussion and Argument

Кстати . . .

Talking of . . . / Speaking of . . .
'токинг ов . . . / 'спикинг ов . . .

Между прочим . . .

Incidentally . . . / By the way . . .
инси'дэнтли . . . / бай дэ вэй . . .

Давайте это обсудим.

Let's talk it over.
лэтс ток ыт 'оувэр

Это не по существу.

It is beside the point.
ы'тыз би'сайдс дэ пойнт

Мы с ней мило поболтали.

We had a nice chat with her.
ви хэд э найс чэт выд хёр

Ближе к делу!

Don't beat about the bush! / Come to the point!
'доунт бит э'баут дэ буш! / кам ту дэ пойнт

Она такая болтушка!

She's such a chatterbox!
шиз сач э'чэтэрбокс!

Он замучил нас разговорами.

He has talked his head off.
хи хэз токт хиз хэд оф

Я говорю серьезно.

I mean business.
ай мин 'бызнэс

Ближе к сути!

Now you come straight to the point.
нау ю кам стрэйт ту дэ пойнт

Скажите мне прямо, что вы думаете.

Tell me exactly what you think. / Tell it to me straight.
тэл ми и'гзэктли вот ю финк / тэл ыт ту ми стрэйт

Сомнение и недоверие

Doubt and Disbelief

Правда?

Really?
'риэли?

Вы шутите!

You're kidding!
ю ар 'кидинг!

Невероятно!

It's too good to be true. / Not likely.
ытс ту гуд ту би тру / нот 'лайкли

Не может быть!

You don't say so!
ю 'доунт сэй соу!

Да ну тебя! Не говори глупостей!

Get away with you! / Come, now!
гэт э'вэй выд ю! / кам, нау!

Веселье и смех

Enjoyment

Ну и повеселились же мы!

We really did have fun! / We had a marvelous time!
ви 'риэли дыд хэв фан! / ви хэд э 'марвэлэс тайм

Это очень забавно.

This is great fun.
'дысыз грэйт фан

Я от души посмеялся.	I had a good laugh. / I laughed my head off.
	ай хэд э гуд лэф / ай лэфт май хэд оф
Перестаньте хихикать!	Stop giggling, will you?
	стоп 'гыглинг, вил ю?

Незнание и непонимание / *Ignorance and Incomprehension*

Не имею ни малейшего представления!	I haven't the slightest idea!
	ай 'хэвнт дэ 'слайтэст ай'диа!
Не знаю (как это сделать).	I've no idea how to do it.
	айв ноу ай'диа хау ту ду ыт
Для меня это китайская грамота.	It's all Greek / double Dutch to me.
	ытс ол грик / дабл дач ту ми
Я не понимаю вас.	I can't follow you. / I've lost you.
	ай кэнт 'фолоу ю / айв лост ю
Не понял. / Не могу разобрать.	I can't make it out.
	ай кэнт мэйк ыт 'аут
Боюсь, что нет.	I'm afraid not.
	айм э'фрэйд нот

Приглашения и предложения / *Invitations and Suggestions*

Не хотите ли пройтись?	Would you care to go for a walk?
	вуд ю 'кэар ту гоу фор э вок?
С удовольствием.	With pleasure. / I'd love to.
	выд 'плэжэр / айд лав ту
Да, я не возражаю.	Yes, I don't mind.
	йес, ай 'доунт майнд
Давай пойдем с нами в кино.	How about coming with us to the movies?
	хау э'баут 'каминг выд ас ту дэ 'мувиз?
С удовольствием.	I'd love to.
	айд лав ту
Боюсь, что не смогу.	I'm afraid I can't. / Sorry, but I can't make it.
	айм э'фрэйд ай кэнт / сори, бат ай кэнт мэйк ыт
У меня, к сожалению, нет сегодня времени.	Sorry, I haven't time today.
	'сори, ай хэвнт тайм ту'дэй

Вы не подождете несколько минут?	**Would you mind waiting for a few minutes?** вуд ю майнд 'вэйтинг фор э фью 'мынэтс?
Садитесь, пожалуйста.	**Won't you take a seat?** 'воунт ю тэйк э сит?
Не хотите ли стакан чая?	**Would you care for a cup of tea?** вуд ю 'кэар фор э кап ов ти?
Спасибо, с удовольствием.	**I'd love one, thank you.** айд лав ван, фэнк ю
Нет, спасибо, что-то не хочется.	**No, thank you; I'd rather not.** ноу, фэнк ю; айд 'радэр нот
Не пойти ли нам в парк?	**How about going to the park?** хау э'баут 'гоуинг ту дэ парк?
Охотно.	**Willingly.** 'вылынгли

Радость / *Pleasure*

Очень, очень рад.	**I am very glad indeed.** ай эм 'вэри глэд ын'дид
Я была безумно этому рада.	**I was terribly happy about it.** ай воз 'тэрыбли 'хэпи э'баут ыт
Великолепно!	**Great!** грэйт!
Какая прелесть!	**Isn't it lovely?** ызнт ыт 'лавли?
Ах, как мило!	**My, how sweet!** май, хау свит!

Удача и неудача / *Success or Failure*

Вам везет.	**You are lucky.** ю ар 'лаки
Везет же людям!	**Some people have all the luck!** сам пипл хэв ол дэ лак!
Все было напрасно.	**It all came to nothing.** ыт ол кэйм ту 'нафинг
Не везет!	**Bad luck!** бэд лак!

Мое везенье!

Just my luck!
джаст май лак!

Мнение

Opinion

Я думаю . . .

I think . . .
ай финк . . .

Мне кажется . . .

It seems to me . . .
ыт сымс ту ми . . .

Я полагаю . . .

I believe / guess . . .
ай бэ’лив / гьес . . .

По моему мнению . . .

In my opinion . . . / To my mind . . .
ын май э’пыньэн / ту май майнд . . .

Интересно . . .

I wonder . . .
ай ’вондэр . . .

Пожалуй . . .

I dare say . . .
ай ’дэар сэй . . .

Несомненно.

There is no doubt.
’дэар ыз ’ноу ’даут

В конце концов, он принял решение.

He made up his mind at last.
хи мэйд ап хиз майнд эт лэст

Я передумал.

I have changed my mind.
ай хэв чэнджд май майнд

Мне все равно.

I don’t care.
ай ’доунт ’кэар

Ну и что?

So what?
соу вот?

Вероятность

Probability

Вероятно.

Very likely.
’вэри ’лайкли

Возможно.

Probably. / Possibly.
’пробэбли / ’пасыбли

Может быть.

Maybe.
’мэйби

Похоже на то.

It looks like it.
ыт лукс лайк ыт

Вряд ли.

That’s very unlikely.
дэтс ’вэри ан’лайкли

Просьба

Пожалуйста.

Могу я попросить вас об одолжении?

Передайте мне, пожалуйста, соль.

Будьте любезны, подержите это, пожалуйста.

Удивление

К моему удивлению.

Неужели?

Разве?

Ну и ну!

Господи!

Боже мой!

Вот это да!

Подумать только!

Как тесен мир!

Слыхали ли вы что-нибудь подобное!

Попытка и свершение

Вы справитесь?

Я все сделаю.

18

Requests

Please. / Will you? / Would you? / Could you?
плиз / вил ю? / вуд ю? / куд ю?

Could you do me a favor?
куд ю ду ми э 'фэйвр?

Would you pass me the salt, please?
вуд ю пэс ми дэ солт, плиз?

Would you mind holding this for me?
вуд ю майнд 'холдинг дыс фор ми?

Surprise

To my surprise.
ту май сэ'прайз

Really? / Is it possible?
'риэли? / 'ызыт 'пасыбл?

Oh, is that true?
оу, ыз дэт тру?

Dear me!
'диэр ми!

Oh, dear!
оу, 'диэр!

My God! / Good God!
май год! / гуд год!

Oh, boy!
оу, бой!

Just think! / Imagine!
джаст финк! / и'мэджин!

It's a small world!
ытс э смол вёрлд!

Did you ever hear the like!
дыд ю 'эвэр 'хиэр дэ лайк!

Trial and Achievement

Will you make it?
выл ю 'мэйк ыт?

I'll manage it all right.
айл 'мэнидж ыт ол райт

Я сделаю все возможное.

I'll do my best.
айл ду май бэст

Он сделал это сам.

He did it on his own / by himself.
хи дыд ыт он хиз оун / бай хым'сэлф

Давайте с этим покончим!

Let's have done with it.
лэтс хэв дан выд ыт

Неприятности

Trouble

Он попал в беду.

He got into trouble.
хи гот 'ынту трабл

Смотри, будь осторожен.

You'd better watch your step.
юд 'бэтэр воч ёр стэп

Не связывайся ты!

You keep out of it. / Don't mix in!
ю кип 'аут ов ыт / 'доунт мыкс ын!

Вот видите! Я же вам говорил!

There now! Didn't I tell you!
'дэар нау. дыднт ай тэл ю!

5. ТЕЛЕФОН

5. USING THE TELEPHONE

Слова и выражения

Words and Expressions

телефон

telephone
'тэлэфоун

телефонная книга

telephone directory / telephone book
'тэлэфоун ди'рэктори / 'тэлэфоун бук

Где телефон?

Where is the telephone?
'вэар ыз дэ 'тэлэфоун?

У вас есть телефонная книга?

Do you have a telephone directory?
ду ю хэв э 'тэлэфоун ди'рэктори?

соединять

to connect
ту кэ'нэкт

Соедините меня, пожалуйста, с этим номером.

Could you connect me with this number, please?
куд ю кэ'нэкт ми выд дыс 'намбэр плиз?

звонить

to call / to phone
ту кол / ту фоун

Алло?

Hello?
хэ'лоу?

Оператор. Слушаю вас.

Operator. Can I help you?
опэ'рэйтор. кэн ай хэлп ю?

Я хотел бы позвонить в Лондон. Можно ли звонить по автомату?

I want to call London. Can I dial direct?
ай вонт ту кол 'ландон. кэн ай дайл ди'рэкт?

Сообщите мне потом, пожалуйста, сколько будет стоить разговор.

Will you tell me the cost of the call afterwards?
выл ю тэл ми дэ кост ов дэ кол 'эфтэрвордз?

домашний телефон

home phone
'хоум 'фоун

служебный телефон

office phone
'офис 'фоун

местный звонок

local call
'локэл кол

междугородний звонок

long distance call
лонг 'дыстэнс кол

Алло, соедините меня, пожалуйста, с телефонистом международной линии, чтобы позвонить в Москву.

Hello, would you connect me with the overseas operator for Moscow?
хэ'лоу, вуд ю кэ'нэкт ми выд дэ 'оувэрсиз опэ'рэйтор фор 'москоу?

Будьте любезны, примите заказ на разговор с Римом. Номер телефона — 752-4448, добавочный 396.

Would you please book me a call to Rome? The phone number is 752-4448, extension 396.
вуд ю плиз бук ми э кол ту 'роум? дэ 'фоун 'намбэр ыз сэвн файв ту 'форти фор 'форти эйт, экс'тэншн фри 'найнти сыкс

Могла бы я поговорить с господином Вуд?

Could I speak to Mr. Wood?
куд ай спик ту 'мыстэр вуд?

Говорите, пожалуйста.

Speaking.
'спикинг

Госпожа Янг дома?

Is Mrs. Young there?
ыз 'мисиз янг 'дэар?

Телефон не отвечает.

There is no answer.
'дэар ыз ноу 'энсэр

Подойди к телефону, пожалуйста.

Please answer the phone.
плиз 'энсэр дэ 'фоун

Вы ошиблись номером.

You've got the wrong number.
юв гот дэ ронг 'намбэр

Позовите, пожалуйста, Джона к телефону.

May I speak to John?
май ай спик ту джон?

Его сейчас нет на месте.

He's out at the moment.
хиз аут эт дэ 'моумэнт

А когда он вернется?

When will he be back?
вэн выл хи би бэк?

Пожалуйста, позвоните попозже.

Would you try again later, please?
вуд ю трай э'гэн 'лэйтор, плиз?

Будьте любезны, передайте ему, что звонил Гарри Дикенсон.

Will you tell him I called? My name is Harry Dickenson.
вил ю тэл хым ай колд? май нэйм ыз 'хэри 'дыкэнсон

Передайте, пожалуйста, чтобы она мне позвонила.

Would you ask her to call me back?
вуд ю эск хер ту кол ми бэк?

Нельзя ли передать ей несколько слов?	Would you take a message, please? вуд ю тэйк э 'мэсидж, плиз?
Вам звонят.	There is a telephone call for you. 'дэар ыз э 'тэлэфоун кол фор ю
Занято.	The line is busy. дэ лайн ыз 'бызи
Телефон испорчен.	The phone is out of order. дэ 'фоун ыз аут ов 'ордэр
Это господин Шел?	Is that Mr. Shell? ыз дэт 'мыстэр шэл?
Да. Простите, а с кем я говорю?	Yes. May I ask who's speaking? йес. мэй ай эск хуз 'спикинг?
Это госпожа Грант.	This is Mrs. Grant. дыс ыз 'мисиз грэнт
Не вешайте трубку, пожалуйста.	Hold the line, please. холд дэ лайн, плиз
Нас разъединили.	We were disconnected. ви вёр дыскэ'нэктид
Вас просят к телефону.	You are wanted on the phone. ю ар 'вонтид он дэ 'фоун
Вы хотите что-нибудь передать? У него все еще занято.	May I take the message? He is still on the phone. мэй ай тэйк дэ 'мэсидж? хи ыз стыл он дэ 'фоун
Вы меня соединили?	Am I through? эм ай фру?
Говорите.	Go ahead. гоу э'хэд
Я хотел бы установить телефон в моей квартире.	I'd like to have a phone installed in my flat. айд лайк ту хэв э 'фоун ын'столд ын май флэт
Сколько будет стоить . . . ?	What's the charge for . . . ? вотс дэ чардж фор . . . ?
Сколько времени займет установка телефона?	How long will it take to install a phone? хау лонг выл ыт тэйк ту ын'стол э 'фоун?

22

Доброе утро. Контора господина Брука.	**Good morning. Mr. Brooke's office.** гуд 'морнинг. 'мыстэр брукс 'офис
Я хотел бы поговорить с господином Бруком.	**I'd like to speak to Mr. Brooke.** айд лайк ту спик ту 'мыстэр брук
Минуточку. Не вешайте трубку, пожалуйста. Я посмотрю, у себя ли он.	**One moment, please. Hold on. I'll check if he is in.** ван 'момэнт плиз. холд он айл чэк ыф хи ыз ын
Алло?	**Hello?** хэ'лоу
Да.	**Yes.** йес
Сожалею, но господина Брука еще нет на месте.	**I'm sorry but Mr. Brooke is not in at the moment.** айм 'сори бат 'мыстэр брук ыз нот ын эт дэ 'момэнт
Когда он вернется?	**When is he expected?** вэн ыз хи экс'пэктид?
Я думаю, что он вернется через несколько минут.	**I'll expect he'll be back in a few minutes.** айл экс'пэкт хил би бэк ын э фью 'мынэтс
Спасибо. Я перезвоню.	**Thank you. I'll call back.** фэнк ю. айл кол бэк
Сэр, может быть, ему что-нибудь передать?	**Any message, sir?** эни 'мэсидж, сёр?
Да, может быть... Попросите его, пожалуйста, позвонить мне в любое время до обеда. Мой телефон 368-1130, господин Рэк.	**Well, maybe... Would you mind asking him to call me any time before lunch. My phone number is 368-1130, Mr. Wreck.** вэл, 'мэйби... вуд ю майнд 'эскинг хым ту кол ми эни тайм би'фор ланч. май 'фоун 'намбэр ыз фри сыксти эйт и'лэвн фёрти, 'мыстэр рэк
Записала.	**I've got it.** айв гот ыт
Большое спасибо.	**Thank you very much.** фэнк ю 'вэри мач
Пожалуйста.	**You're welcome.** ю ар 'вэлкм

23

6. ОРГАНИЗАЦИИ И УЧРЕЖДЕНИЯ

6. PUBLIC INSTITUTIONS AND SERVICES

Слова и выражения

Words and Expressions

БАНК

MONEY AND BANKING

банк
bank
бэнк

деньги
money
'мани

один цент
penny / one cent
'пэни / ван сэнт

пять центов
nickel / five cents
'ныкэл / файв сэнтс

десять центов
dime / ten cents
дайм / тэн сэнтс

двадцать пять центов
quarter / twenty five cents
'квортэр / 'твэнти файв сэнтс

пятьдесят центов
half dollar / fifty cents
хэф 'долар / 'фифти сэнтс

доллар
dollar
'долар

денежная купюра
bill
был

десятидолларовая купюра
ten dollar bill
тэн 'долар был

чек
check
чэк

валюта
currency
'карэнси

вклад (в банк)
deposit / bank deposit
дэ'пазит / бэнк дэ'пазит

класть деньги в банк	to deposit money / to make a deposit ту дэ'пазит 'мани / ту мэйк э дэ'пазит
вносить деньги в депозит	to place money in deposit ту плэйс 'мани ын дэ'пазит
счет в банке	account / bank account э'каунт / бэнк э'каунт
текущий счет	checking account 'чэкинг э'каунт
сберегательный счет	savings account 'сэйвингс э'каунт
снимать деньги со счета	to withdraw money from one's account ту выд'дро 'мани фром ванс э'каунт
снятие денег со счета	withdrawal выд'дроэл
кредитная карточка	credit card 'крэдит кард
дорожный чек	traveler's check 'трэвэлэрс чэк
Когда открывается / закрывается банк?	When does the bank open /close? вэн даз дэ бэнк 'оупэн / 'клоуз?
Я хотел бы открыть текущий счет в вашем банке.	I'd like to open a checking account. айд лайк ту 'оупэн э 'чэкинг э'каунт
Можно ли открыть сберегательный счет, имея сто долларов?	Can I open a savings account with $100? кэн ай 'оупэн э 'сэйвингс э'каунт выд ван 'хандрэд 'доларз?
Мне следует заполнить форму?	Should I fill out the form? шуд ай фыл аут дэ форм?
Где мне подписаться?	Where should I sign? 'вэар шуд ай сайн?
Я хотел бы депонировать этот чек.	I'd like to deposit this check. айд лайк ту дэ'пазит дыс чэк
Можно ли разменять этот чек?	Can you cash this check? кэн ю кэш дыс чэк?
У вас есть счет в нашем банке?	Do you have an account here? ду ю хэв эн э'каунт 'хиэр?
Вот моя чековая книжка.	Here is my checkbook. 'хиэрыз май 'чэкбук

Вы примете мой чек?

Will you accept my check?
выл ю эк'сэпт май чэк?

У вас есть удостоверение личности? Нам нужно два удостоверения личности.

Do you have identification? We require two proofs of identity.
ду ю хэв айдэнтифи'кэйшн? ви рэ-'кваэр ту пруфс ов ай'дэнтити

Дайте мне, пожалуйста, крупными купюрами.

Large bills, please.
лардж былз плиз

Дайте мне мелочь, пожалуйста.

Can you give me some small change?
кэн ю гыв ми сам смол чэндж?

Вы принимаете дорожные чеки?

Do you accept traveler's checks?
ду ю эк'сэпт 'трэвэлэрс чэкс?

Разменяйте дорожный чек, пожалуй-ста.

Please cash this traveler's check.
плиз кэш дыс 'трэвэлэрс чэк

Какие бумаги мне следует заполнить, чтобы получить кредитную карточку?

What papers do I have to fill out to get a credit card?
вот 'пэйпэрс ду ай хэв ту фыл аут ту гэт э 'крэдит кард?

СОЦИАЛЬНОЕ ОБЕСПЕЧЕНИЕ

SOCIAL SECURITY

номер в системе социального обеспе-чения

Social Security number
'сошиэл сэкь'юрити 'намбэр

карточка социального обеспечения

Social Security card
'сошиэл сэкь'юрити кард

отдел социального обеспечения

Social Security office
'сошиэл сэкь'юрити 'офис

пособие по старости (для пенсионеров, не работавших в США)

Supplemental Security Income (SSI)
саплэ'мэнтэл сэкь'юрити 'инкам (эс-эс-ай)

Извините, не можете ли вы мне сказать, где отдел социального обеспечения?

Excuse me. Can you tell me where the social security office is?
экс'кьюз ми. кэн ю тэл ми 'вэар дэ 'сошиэл сэкь'юрити 'офис ыз?

Возьмите номерок, пожалуйста. Вас вызовут.

Take a number, please. The clerk will call you.
тэйк э 'намбэр плиз. дэ клёрк выл кол ю

Когда я получу номер в системе соци-ального обеспечения?

How long does it take to get a Social Security number?
хау лонг даз ыт тэйк то гэт э 'сошиэл сэкь'юрити 'намбэр?

26

Обычно на это уходит от двух до шести недель.

Usually it takes from two to six weeks.

'южуэли ыт тэйкс фром ту ту сыкс викс

Можно ли мне начать работать до получения номера в системе социального обеспечения?

Can I start working before I get my Social Security number?

кэн ай старт 'вёркинг би'фор ай гэт май 'сошиэл сэкь'юрити 'намбэр?

Да. Я дам вам справку о подаче заявления на получение номера в системе социального обеспечения.

Yes. Here is a receipt showing that you have applied for a Social Security number.

йес. 'хиэр ыз э рэ'сит 'шоуинг дэт ю хэв э'плайд фор э 'сошиэл сэкь'юрити 'намбэр

Вы не могли бы рассказать мне о льготах для эмигрантов пенсионного возраста, приехавших из СССР?

Can you tell me more about the benefits for retired people who emigrated from the USSR?

кэн ю тэл ми мор э'баут дэ 'бэнифитс фор рэ'тайэрд пипл ху эми'грэйтид фром дэ ю-эс-эс-ар?

программа медицинского страхования

medical insurance program (Medicare)

'мэдикэл   ин'шуэрэнс   'прогрэм (мэди'кэар)

карточка медицинского страхования

Medi-Cal / Medicaid identification card

'мэди'кал / 'мэди'кэйд айдэнтифи-'кэйшн кард

Вы получите карточку медицинского страхования со специальными ярлычками для оплаты счетов в соответствии с программой медицинского страхования.

You'll get a Medi-Cal / Medicaid card with stickers to bill the Medi-Cal program.

юл гэт э 'мэди'кал / 'мэди'кэйд кард выд 'стикерс ту был дэ 'мэди'кал 'прогрэм

Следует иметь карточку медицинского страхования всегда при себе, на случай оказания неотложной помощи.

You should carry your Medi-Cal / Medicaid card with you at all times in case of an emergency.

ю шуд 'кэри ёр 'мэди'кал / 'мэди'кэйд кард выд ю эт ол таймс ын кэйз ов эн э'мёрджэнси

ОБРАЗОВАНИЕ

EDUCATION

детские ясли, сад: с 2 до 4—5 лет

nursery school: ages 2 to 4-5

'нёсэри скул: 'эйджис ту ту фор-файв

детский сад, подготовительный класс: с 5 до 6 лет

kindergarten: ages 5 to 6

'киндэргартэн: 'эйджис файв ту сыкс

начальная школа, классы с первого по шестой: с 6 до 12 лет	elementary school: ages 6 to 12, grades 1 through 6 элэ'мэнтэри скул: 'эйджис сыкс ту твэлф, грэйдс 1 фру 6
седьмой и восьмой классы: с 12 до 14 лет	junior high school: ages 12 to 14, grades 7 and 8 'джюниор хай скул: 'эйджис фёр'тин—фор'тин, грэйдс 7 энд 8
старшие классы, с девятого по двенадцатый: с 14 до 18 лет	high school: ages 14 through 18, grades 9 through 12 хай скул: 'эйджис фор'тин фру эй'тин, грэйдс 9 фру 12
школа с бесплатным обучением	public school 'паблик скул
частная школа	private school 'прайвэт скул
аттестат об окончании средней школы	high school diploma хай скул ди'плома
высшее образование	higher education 'хайэр эдью'кэйшн
двухгодичный колледж	two-year community or junior college ту-йиар ко'мьюнити ор 'джюниор 'кальдж
четырехгодичный колледж или университет	four-year college or university фор-йиар 'кальдж ор юни'вёрсити
студент младших курсов	college student / undergraduate 'кальдж 'стьюдэнт / андэр'грэдьюэйт
бакалавр искусств	Bachelor of Arts (B. A.) 'бэчелор ов артс (би. эй.)
бакалавр наук	Bachelor of Science (B. S.) 'бэчелор ов сайнс (би. си.)
старшие курсы	graduate study 'грэдьюэйт 'стади
аспирантура	postgraduate study 'поустградьюэйт 'стади
старшекурсник	graduate student 'грэдьюэйт 'стьюдэнт
степень магистра (магистр искусств, магистр наук)	Master's Degree (M. A., M. S.) 'мэстэрс ди'гри (эм. эй., эм. эс.)

магистр инженерных наук	Master of Science in Engineering (M. S. E.) 'мэстэр ов сайнс ын энджи'нирынг (эм. эс. и.)
доктор философии	Doctor of Philosophy (Ph. D.) 'доктор ов фи'лософи (пи эйч. ди.)
доктор медицины	Doctor of Medicine (M. D.) доктор ов 'мэдсин (эм. ди.)
доктор юриспруденции	Doctor of Law (LL. D.) доктор ов ло (элэл. ди.)
Я хотела бы отдать моего ребенка в частную школу.	I'd like to send my child to a private school. айд лайк ту сэнд май чайлд ту э 'прайвэт скул
Есть ли в школе группа продленного дня?	Do you have a day care program at the school? ду ю хэв э дэй 'кэар 'програм эт дэ скул?
Какова плата за обучение?	How much does tuition cost? / What's the yearly tuition? хау мач даз тью'ишн кост? / вотс дэ 'йиэрли тюь'ишн?
Есть ли в школе автобус, который развозит детей?	Does the school have a bus service for the children? даз дэ скул хэв э бас сёрвис фор дэ 'чилдрэн?
В какое время начинаются занятия в школе?	When do classes begin in the morning? вэн ду 'клэсис бэ'гин ын дэ морнинг?
В какое время кончаются занятия в школе?	When do classes end each day? вэн ду 'клэсис энд ич дэй?
Возможно ли получить стипендию, чтобы оплатить обучение ребенка?	Would be it possible for my child to have a scholarship? вуд би ыт 'пасыбл фор май чайлд ту хэв э 'скаларшып?
Включена ли стоимость учебников и учебных пособий в оплату за обучение?	Does the tuition include the cost of textbooks and school supplies? даз дэ тью'ишн ын'клуд дэ кост ов 'тэкстбукс энд скул сэ'плайз?
Должны ли учащиеся носить форму?	Do the students wear uniforms? ду дэ 'стьюдэнтс 'вэар 'юниформс?
Не могли бы вы порекомендовать мне хорошую школу с бесплатным обучением?	Can you recommend a good public school? кэн ю рэко'мэнд э гуд 'паблик скул?

Можно ли завтракать в школе?

Do you have lunch service at school?
ду ю хэв ланч 'сёрвис эт скул?

Учащиеся могут приносить завтрак или часть завтрака из дома.

Students may bring all or part of their lunch from home.
'стьюдэнтс мэй брынг ол ор парт ов 'дэар ланч фром 'хоум

ПОЛИЦИЯ

POLICE

полиция

police
пэ'лис

полицейский

policeman
пэ'лисмэн

полицейский участок

police station
пэ'лис 'стэйшн

Где полицейский участок?

Where is the police station?
'вэар ыз дэ пэ'лис стэйшн?

У меня украли сумку.

My purse has been stolen.
май пёрс хэз бин 'столэн

Меня ограбили.

I have been robbed.
ай хэв бин робд

У меня вытащили кошелек.

My wallet has been stolen.
май 'волэт хэз бин 'столэн

Позовите полицейского.

Call a policeman.
кол э пэ'лисмэн

Уйдите!

Go away!
'гоу э'вэй!

Отстаньте от меня!

Leave me alone!
лив ми э'лоун!

Помогите!

Help!
хэлп!

Полиция!

Police!
пэ'лис!

Что здесь происходит?

What's going on here?
вотс 'гоуинг он 'хиэр?

Этот человек пристает ко мне.

This man is annoying me.
дыс мэн ыз э'нойинг ми

Кто этот человек?

Who is that man?
ху ыз дэт мэн?

Не знаю. Я никогда его раньше не видела.

I don't know. I have never seen him before.

ай 'доунт ноу. ай хэв 'нэвэр син хым би'фор

преступление

crime

крайм

насилие, жестокость

violence

'вайэлэнс

Как позвонить в ближайший полицейский участок?

How can I call the nearest police station?

хау кэн ай кол дэ 'ниэрэст пэ'лис стэйшн?

Позвоните оператору, скажите ваш адрес, он вам поможет.

Call the operator, tell him your address, he will help you.

кол дэ опэ'рэйтор, тэл хым ёр эд'рэс, хи выл хэлп ю

Вы можете найти телефон полицейского участка в телефонной книге.

You can find the phone number of your local police station in the phone book.

ю кэн файнд дэ 'фоун 'намбэр ов ёр 'лоукэл пэ'лис стэйшн ын дэ 'фоун бук

суд по мелким делам

Small Claims Court

смол клэймс корт

Суд по мелким делам — это специальный суд, в котором вы можете возбудить дело против частного лица или учреждения, которые должны вам деньги.

The Small Claims Court is a special court where you can sue anyone who owes you money.

дэ смол клэймс корт ыз э 'спэшиэл корт 'вэар ю кэн сью 'эниван ху 'оуз ю 'мани

ответчик

defendant

дэ'фэндэнт

истец

plaintiff

'плэйнтиф

судья

judge

джадж

предъявлять иск

to file a suit

ту файл э сьют

свидетель

witness

'вытнэс

давать показания

to testify

ту 'тэстыфай

Максимальная сумма, которую вы можете получить, выиграв дело, составляет 750 долларов.

The maximum amount of money you can collect in this court is $750.

дэ 'мэксимум э'маунт ов 'мани ю кэн кэ'лэкт ын дыс корт ыз сэвн 'хандрэд энд 'фифти 'доларс

судебное разбирательство

trial

'трайэл

Не скажете ли, на какой день назначено судебное разбирательство моего дела?

Will you tell me when my trial is scheduled?

выл ю тэл ми вэн май 'трайэл ыз 'скэдьюэлд?

Вам следует собрать все необходимые бумаги.

You should gather all important papers and documents.

ю шуд 'гэдэр ол им'портэнт 'пэйпэрс энд 'докьюмэнтс

повестка

order

'ордэр

шериф

sheriff

'шэриф

Если повестка вручается ответчику шерифом, это стоит дороже.

If the order is served by the sheriff it will cost more.

ыф дэ 'ордэр ыз сёрвд бай дэ 'шэриф ыт выл кост мор

выиграть дело

to win the case

ту вын дэ кэйз

Решение суда имеет силу в течение десяти лет.

The Courts's decision remains in force for ten years.

дэ кортс дэ'сижн рэ'мэйнс ын форс фор тэн 'йиарс

Иллюстративный диалог

Sample Dialogue

Алло. Полицейский Смит. Я вас слушаю.

Hello. Officer Smith is speaking. Can I help you?

хэ'лоу. 'офисэр смиф ыз 'спикинг. кэн ай хэлп ю?

Да-да. Меня зовут Линда Блэк. Мой адрес: 314 34 авеню. Меня ограбили. Когда я вернулась домой, я обнаружила, что замок взломан и украдены деньги и драгоценности.

Yes. My name is Linda Black. I am at 314 34th Avenue. I've been robbed. When I came home I discovered that somebody had forced the lock, and my money and jewelry have been stolen.

йес. май нэйм ыз 'лында блэк. ай эм эт фри 'хандрэд фор'тин фёрти форс 'эвэнью. айв бин робд. вэн ай кэйм 'хоум ай дис'кавэрд дэт 'самбоди хэд

форст дэ лок, энд май 'мани энд 'джю-
элри хэв бин 'столэн

Что-нибудь еще?	**Anything else?** 'энифинг элс?
Нет.	**No.** ноу
Так. Пожалуйста, ничего не трогайте. Мы будем у вас через час.	**Well. Please don't touch anything. We'll be over in an hour.** вэл. плиз 'доунт тач 'энифинг. вил би 'оувэр ын эн 'ауэр
Офицер?	**Officer?** 'офисэр?
Да?	**Yes?** йес?
Вы не могли бы приехать поскорее. Я так ужасно себя чувствую.	**Could you come sooner. I feel so terrible.** куд ю кам 'сунэр, ай фил соу 'тэрыбл
Мы сделаем все возможное.	**We'll do our best.** вил ду 'ауэр бэст
Спасибо.	**Thank you.** фэнк ю
Пожалуйста.	**You're welcome.** ю ар 'вэлкм
До свиданья.	**Good bye.** гуд бай
До свиданья.	**Bye-bye.** бай бай

7. ПОИСКИ КВАРТИРЫ

7. APARTMENT HUNTING

Слова и выражения

Words and Expressions

квартира (в многоквартирном доме)
apartment / unit
э'партмэнт / 'юнит

квартира (занимающая этаж в доме)
flat / floor-through apartment
флэт / флор фру э'партмэнт

дом
house / apartment house
'хауз / э'партмэнт хауз

посредническое бюро
rental agency
'рэнтэл 'эйджэнси

снять квартиру
to rent an apartment / a flat
ту рэнт эн э'партмэнт / э флэт

квартира с одной / двумя / тремя спальнями
one /two / three bedroom apartment
ван / ту / фри 'бэдрум э'партмэнт

гостиная
living room
'лывинг рум

столовая
dining room
'дайнинг рум

ниша, в которой устроена столовая (обычно рядом с кухней)
dinette / dining area
дай'нэт / 'дайнинг 'эриэ

спальня
bedroom
'бэдрум

кухня
kitchen
'кытчэн

кухонная плита
stove / range
'стоув / рэндж

холодильник
refrigerator
рэфриджи'рэйтэр

кухонное оборудование
kitchen equipment / kitchen appliances
'кытчэн э'квыпмэнт / 'кытчэн э'плай-энсэс

духовой шкаф	oven овн
ежемесячная оплата квартиры	rent рэнт
договор о найме квартиры на длительный срок	lease лиз
оплата за первый / последний месяц	the first / last month's rent дэ фёрст / лэст манфс рэнт
задаток (который возвращается, если квартира оставляется в чистом виде)	cleaning deposit 'клининг дэ'пазит
задаток (который возвращается, если оборудование в квартире не повреждено)	security deposit сэ'кьюрити дэ'пазит
Добрый вечер! Я звоню вам по объявлению в газете о сдаче квартиры.	Good evening! I'm calling about your ad for an apartment. гуд 'ивнинг! айм 'колинг э'баут ёр эд фор эн э'партмэнт
Квартира все еще сдается?	Is the apartment still available? ыз дэ э'партмэнт стыл э'вэйлэбл?
К сожалению, квартира уже сдана.	I'm sorry, but it is already rented. айм 'сори бат ыт ыз ол'рэди 'рэнтид
Ваш телефон мне дали в посредническом бюро.	I've got your phone number from the rental agency. айв гот ёр 'фоун 'намбэр фром дэ 'рэнтэл 'эйджэнси
Эта квартира с двумя спальнями?	Is it a two-bedroom apartment? 'ызыт э ту'бэдрум э'партмэнт?
Это квартира в многоквартирном доме или квартира, занимающая этаж?	Is it an apartment or a flat? 'ызыт эн э'партмэнт ор э флат?
У меня собака / кот.	I have a dog / a cat. ай хэв э дог / э кэт
Мы не сдаем жильцам с животными.	No pets. / We don't allow pets. ноу пэтс / ви 'доунт э'лау пэтс
Сколько всего комнат в квартире?	How many rooms are there in the apartment? хау 'мэни румз ар 'дэар ын дэ э'партмэнт?
Есть ли в квартире столовая?	Is there a dining room? ыз 'дэар э 'дайнинг рум?

В квартире есть только ниша при кухне.

There is only a dinette.

'дэар ыз 'онли э дай'нэт

Сколько всего квартир в доме?

How many apartments are there in the building?

хау 'мани э'партмэнтс ар 'дэар ын дэ 'былдинг?

Снабжена ли кухня современным оборудованием?

Is it a modern kitchen?

'ызыт э 'модэрн 'кытчэн?

Имеется ли в кухне мусородробилка / машина для мытья посуды / сушилка?

Is there a garbage disposal / a dishwasher / a dryer?

ыз 'дэар э 'гарбидж дис'поузэл / э 'дышвошэр / э 'драйэр?

Есть ли в квартире кондиционер?

Is the apartment air conditioned?

ыз дэ э'партмэнт 'эар кан'дышэнд?

Имеется ли при доме дворик / гараж?

Is there a backyard / garage with the house?

ыз дэар э 'бэкярд /гэ'радж выд дэ хауз?

Включены ли в оплату за квартиру вода / мусор / отопление?

Does the rent include water / garbage / heating / gas / electricity?

даз дэ рэнт ин'клуд 'вотэр / 'гарбидж / 'хитинг / гэз / элэк'трисити?

Можно посмотреть квартиру?

Could I have a look at the apartment?

куд ай хэв э лук эт дэ э'партмэнт?

В какое время мне лучше прийти?

What time shall I come?

вот тайм шэл ай кам?

Не могли бы вы прийти в 10 часов утра?

Could you come at 10 o'clock in the morning?

куд ю кам эт тэн о клок ын дэ 'морнинг?

Это меня вполне устраивает.

It suits me perfectly.

ыт сьютс ми 'пёрфэктли

Мне было бы удобнее прийти днем / сегодня вечером.

It would be more convenient for me to come at noon / tonight.

ыт вуд би мор кэн'виниэнт фор ми ту кам эт нун / ту'найт

Где находится квартира?

Where is the apartment located?

'вэар ыз дэ э'партмэнт ло'кэйтид?

Это хороший район?

Is it a good neighborhood?

'ызыт э гуд 'нэйбэрхуд?

На каком этаже расположена квартира?

What floor is the apartment on?

вот флор ыз дэ э'партмэнт он?

Вы покажете мне квартиру?

Will you show me the apartment?
выл ю 'шоу ми дэ э'партмэнт?

Наша семья состоит из трех человек: двух взрослых и ребенка.

There are three in our family: two adults and a child.
'дэар ар фри ын 'ауэр 'фэмэли: ту э'далтс энд э чайлд

Сколько вы хотите за квартиру?

What's the rent?
вотс дэ рэнт?

Это слишком дорого.

It's too expensive for me.
ытс ту экс'пэнсив фор ми

Вы не могли бы немного снизить оплату за квартиру?

Could you reduce the rent a little?
куд ю рэ'дьюс дэ рэнт э лытл?

Иллюстративный диалог

Sample Dialogue

Добрый день. Я звонила вам вчера, и вы мне сказали, что можно посмотреть квартиру сегодня. Меня зовут Ирина Ботник.

Good afternoon! I called you yesterday and you told me I could see the apartment today. My name is Irina Botnik.
гуд 'эфтэрнун! ай колд ю 'йестэрдэй энд ю толд ми ай куд си дэ э'партмент ту'дэй. май нэйм ыз ай'рина ботник

Здравствуйте! Проходите, пожалуйста.

Hello. Step in, please.
хэ'лоу. стэп ын плиз

Не хотите ли снять пальто? В квартире тепло.

Won't you take off your coat? It's rather warm here.
'воунт ю тэйк оф ёр коут? ытс 'радэр ворм 'хиэр

О, это квартира, занимающая этаж!

Is it a flat?
'ызыт э флэт?

Да. В доме всего две квартиры: эта и квартира на втором этаже.

Yes. There are only two flats in the house: this one and another one on the second floor.
йес. 'дэар ар онли ту флэтс ын дэ 'ха-уз: дыс ван энд э'надэр ван он дэ 'сэконд флор

Понятно. Можно посмотреть квартиру?

I see. May I take a look?
ай си. мэй ай тэйк э лук?

Конечно, пожалуйста. Я вам все покажу.

Certainly. I'll be glad to show it to you.
'сёртэнли. айл би глэд ту 'шоу ыт ту ю

Это холл. По правую сторону от вас расположена кухня.

Here is the hall. To your right is the kitchen.
'хиэр ыз дэ хол. ту ёр райт ыз дэ 'кытчэн

А это что за дверь?

And where does this door lead?
энд 'вэар даз дыс дор лид?

Это дверь в подсобное помещение.

To the closet.
ту дэ 'клозэт

Сколько в квартире стенных шкафов?

How many closets are there in the flat?
хау 'мэни 'клозэтс ар 'дэар ын дэ флэт?

Три. По стенному шкафу в каждой спальне и один в холле. Вы его уже видели.

Three. One closet in each bedroom and one more in the hall. You have already seen it.
фри. ван 'клозэт ын ич 'бэдрум энд ван мор ын дэ хол. ю хэв ол'рэди син ыт

А вот гостиная и столовая.

Here are the living and dining rooms.
'хиэр ар дэ 'лывинг энд 'дайнинг румз

О, они светлые и солнечные. Между ними нет дверей, не так ли?

Oh, they are light and sunny. There is no door between them, is there?
оу, дэй ар лайт энд 'сани. 'дэар ыз 'ноу дор би'твин дэм, ыз 'дэар?

Да, дверей нет.

No.
'ноу

Мне очень нравится камин.

I like the fireplace very much.
ай лайк дэ'файэрплэйс 'вэри мач

Вы можете им пользоваться. Это настоящий камин, а не имитация.

You can use it. It's a real working fire-place, not an imitation.
ю кэн юз ыт. ытс э 'риэл 'вёркинг 'файэрплэйс, нот эн ими'тэйшн

Я с удовольствием буду им пользоваться. Это делает дом таким уютным. Эти комнаты выходят на улицу. Я боюсь, как бы не было шумно.

Oh, I love a fireplace! It makes things so cosy. These rooms face the street. I'm afraid it will be too noisy.
оу, ай лав э 'файэрплэйс! ыт мэйкс фингс соу 'коузи. диз румз фэйс дэ стрит. айм э'фрэйд ыт вил би ту 'нойзи

Что вы! Это очень тихая улица. А чуть дальше — прекрасный парк.

Not at all. It's a very quiet street. And there is a beautiful park close by.
нотэ'тол. ытс э 'вэри 'квайэт стрит. энд 'дэар ыз э 'бьютифул парк 'клоуз бай

Да неужели?! Вот здорово! А куда ведут эти лесенки?

Really?! That's nice. And where do these stairs go?
'риэли?! дэтс найс. энд 'вэар ду диз 'стэарс 'гоу?

Во двор. А вот спальни. Слева от вас расположена ванная комната.

To the backyard. Here are the bedrooms. The bathroom is to your left.
ту дэ 'бэкярд. 'хиэр ар дэ 'бэдрумз. дэ 'бэфрум ыз ту ёр лэфт

Обе спальни выходят во двор. Какой милый дворик, много солнца, а под деревьями тень. А кто живет на втором этаже?

The bedrooms face the backyard. How nice, lots of sun and some shade under the trees. And who lives on the second floor?

дэ 'бэдрумз фэйс дэ 'бэкярд. 'хау найс, лотс ов сан энд сам шэйд 'андэр дэ триз. энд ху лывз он дэ 'сэконд флор?

Молодая супружеская пара.

A young couple.

э янг капл

Отлично! Я думаю, это как раз то, что мне нужно. Мне следует заполнить какие-то бумаги?

Great! I think this is just what I'm looking for. Are there some papers to fill out?

грэйт! ай фынк дыс ыз джаст вот айм 'лукинг фор. ар 'дэар сам 'пэйпэрс ту фыл аут?

Да. Позвоните моему агенту в посредническое бюро. Он сделает все, что нужно. Вот его телефон.

Yes. Please call my agent at the rental agency. He will arrange everything for you. Here is his phone number.

йес. плиз кол май 'эйджэнт эт дэ рэнтл 'эйджэнси. хи выл э'рэйндж 'эврифынг фор ю. 'хиэр ыз хыз 'фоун 'намбэр

Большое спасибо.

Thank you very much.

фэнк ю 'вэри мач

Пожалуйста.

You are very welcome.

ю ар 'вэри вэлкм

До свиданья.

Good-bye.

гуд бай

До свиданья. Приятно было с вами познакомиться.

Bye-bye. Nice to have met you.

бай бай. найс ту хэв мэт ю

8. ПОИСКИ РАБОТЫ

8. JOB HUNTING

Слова и выражения

Words and Expressions

работа

work / job
вёрк / джоб

искать работу

to look for a job
ту лук фор э джоб

объявление

advertisment / ad
эд'вёртисмэнт / эд

агентство по трудоустройству

employment agency
эм'плоймэнт 'эйджэнси

образование и опыт

background / qualifications
'бакграунд / квалифи'кэйшнс

опыт

experience
экс'пириэнс

отдел кадров

personnel department
пэрсо'нэл дэ'партмэнт

вакантное место

job opening
джоб 'оупнинг

рекомендация

reference
'рэфэрэнс

направлять кого-либо к кому-либо

to refer someone to
ту рэ'фёр 'самван ту

профессия

profession
про'фэшн

окончить высшее учебное заведение

to graduate from
ту 'грэдьюэйт фром

инженер

engineer
энджи'ниар

преподаватель

teacher / instructor
'тичэр / ин'страктор

химик

chemist
'кэмист

40

физик	**physicist**
	'фызисыст
биолог	**biologist**
	бай'олоджист
программист	**computer programmer**
	кам'пьютэр 'прогрэмэр
математик	**mathematician**
	мэфимэ'тышн
секретарь	**secretary**
	'сэкрэтэри
регистратор (в гостинице), секретарь (в приемной у врача) и т. п.	**receptionist**
	рэ'сэпшионист
переводчик	**interpreter**
	ин'тёрпрэтёр
портной	**tailor**
	'тэйлор
сапожник	**shoemaker**
	'шумэйкэр
продавец	**salesman**
	'сэйлзмэн
продавщица	**saleswoman**
	'сэйлзвумэн
шофер	**driver**
	'драйвэр
механик	**mechanic**
	мэ'кэник
токарь	**lathe operator**
	лэйд опэ'рэйтор
слесарь	**locksmith**
	'локсмиф
столяр	**carpenter**
	'карпэнтэр
строитель	**builder**
	'былдэр
геолог	**geologist**
	джи'олоджист
географ	**geographer**
	джи'ографэр

историк	historian хис’ториэн
филолог	linguist ’лынгвист
журналист	journalist ’джёрнолыст
оператор	operator опэ’рэйтор
интервью	interview ’интэрвью

Я звоню по поводу объявления о работе.

I'm calling about the job you advertised.
ай эм ’колинг э’баут дэ джоб ю эдвэр-’тайзд

Соедините меня, пожалуйста, с отделом кадров.

May I have your personnel department, please?
мэй ай хэв йор пёрсо’нэл дэ’партмэнт, плиз?

Я мог бы поговорить с господином Вилсоном?

May I talk to Mr. Wilson?
мэй ай ток ту ’мыстэр ’вилсон?

Я звоню по объявлению в газете насчет работы.

I am calling concerning an ad in the newspaper about a job opening.
ай эм ’колинг кон’сёрнинг эн эд ын дэ ’ньюспэйпэр э’баут э джоб ’оупнинг

Я прочитал, что у вас есть вакантное место.

I've read you have a job opening.
айв рэд ю хэв э джоб ’оупнинг

У вас есть резюме?

Do you have a resume?
ду ю хэв э ’рэзьюмэ?

Да. Что еще я должен принести на интервью?

Yes. What else shall I bring to the interview?
йес. вот элс шэл ай брынг ту дэ ’интэрвью?

Хорошо бы также иметь рекомендации.

It would be helpful if you could bring some references.
ыт вуд би ’хэлпфул ыф ю куд брынг сам ’рэфэрэнсис

Когда вы можете прийти на интервью?

When you could come in for an interview?
вэн куд ю кам ын фор эн ’интэрвью?

Я слышал, что в вашей фирме будут проводиться интервью с инженерами.

I heard your firm will be having an open house for engineers.
ай хёрд ёр фёрм выл би ’хэвинг эн оупэн ’хауз фор энджи’ниарс

Когда будет интервью?

What time will the interviews be held?

вот тайм выл дэ ’интэрвьюз би хэлд?

Меня к вам направило агентство по трудоустройству.

I was referred to you by the employment agency.

ай воз рэ’фёрд ту ю бай дэ эм’плой-мэнт ’эйджэнси

Есть ли у вас опыт работы в Америке?

Do you have any American work experience?

ду ю хэв эни ’эмэрикэн вёрк экс’пи-риэнс?

Какое у вас образование и какой опыт работы?

What are your qualifications?

вот ар ёр квалифи’кэйшнс?

Сколько лет вы проработали в этой области?

How many years have you been working in this field?

хау ’мэни ’йиарс хэв ю бин ’вёркинг ын дыс филд?

Пожалуйста, напишите заявление. Мы дадим вам ответ в течение двух недель.

Please fill out the application. You'll be hearing from us within two weeks.

плиз фыл аут дэ эплы’кэйшн. юл би ’хиринг фром ас вы’дын ту викс

Вы можете оставить мне ваше резюме?

Can you leave your resume?

кэн ю лив ёр ’рэзьюмэ?

Расскажите, пожалуйста, немного о себе.

Can you tell me a little about yourself?

кэн ю тэл ми э лытл э’баут ёр’сэлф?

Вам знаком этот род работы?

Are you familiar with this kind of job?

ар ю фэ’милиэр выд дыс кайнд ов джоб?

На какую зарплату вы рассчитываете?

What salary are you asking for?

вот ’сэлори ар ю ’эскинг фор?

Иллюстративный диалог

Sample Dialogue

Добрый день. Я хотел бы попросить вас помочь мне устроиться на работу.

Good afternoon. I'd like to consult with you about finding a suitable job.

гуд ’эфтэрнун. айд лайк ту кэн’салт выд ю э’баут ’файндинг э ’сьютэбл джоб

Здравствуйте. Меня зовут Билл Стайн. Проходите, пожалуйста. Садитесь. Можно узнать ваше имя?

How do you do? My name is Bill Styne. Come along, please. Sit down. May I ask your name.

хау ду ю ду? май нэйм ыз бил стайн. кам э’лонг, плиз. сит ’даун. мэй ай аск ёр нэйм?

Меня зовут Борис Штерн. Я приехал из России.

My name is Boris Stern. I've come to this country from Russia.

май нэйм ыз 'борис стэрн. айв кам ту дыс 'кантри фром 'раша

Понятно. Давно вы здесь?

I see. How long have you been in this country?

ай си. 'хау лонг хэв ю бин ын дыс 'кантри?

Более двух месяцев.

About two months.

э'баут ту манфс

Какое у вас образование и какой опыт работы?

Tell me about your educational background and work experience.

тэл ми э'баут ёр эдью'кэйшэнл 'бэкграунд энд вёрк экс'пириэнс

Я инженер-электрик. Я окончил Московский энергетический институт в 1973 году. У меня стаж работы 6 лет.

I'm an electrical engineer. I was graduated from the Moscow Power Institute in 1973 with an M. S. degree in electrical engineering. I have six years of experience.

айм эн э'лэктрикэл энджи'ниар. ай воз 'грэдьюэйтыд фром дэ 'москау 'пауэр 'ынститьют ын 1973 выд эн эм. эс. ди'гри ын э'лэктрикэл энджи'нирынг. ай хэв сыкс йиарс ов экс'пириэнс

У вас есть резюме?

Do you have a resume?

ду ю хэв э 'рэзьюмэ?

Да. Вот, пожалуйста.

Yes, I do. Here you are.

йес, ай ду. 'хиэр ю ар

В какой области вы предпочли бы работать?

What type of work are you looking for?

вот тайп ов вёрк ар ю 'лукинг фор?

Я охотно работал бы в любой фирме, связанной с электротехникой.

I would appreciate the possibility of working in any firm which is connected with electrical engineering.

ай вуд э'пришиэйт дэ пасы'билыти ов 'вёркинг ын эни фёрм выч ыз кэ'нэктыд выд э'лэктрикэл энджи'ниэрынг

Очень хорошо. Я сделаю все, что смогу. Вы можете оставить мне ваше резюме?

Very well. I'll do my best. Will you leave me your resume?

'вэри вэл. айл ду май бэст. выл ю лив ми ёр 'рэзьюмэ?

Конечно.

Certainly.

'сёртэнли

Отлично. Как только я договорюсь об интервью, я тотчас же с вами свяжусь.

Fine. As soon as I make an appointment for an interview, I'll get in touch with you.

файн. эз сун эз ай мэйк эн э'пойнтмэнт фор эн 'интэрвью, айл гэт ын тач выд ю

Большое спасибо.

Thank you very much.

фэнк ю 'вэри мач

Пожалуйста.

You are very welcome.

ю ар 'вэри вэлкм

До свиданья.

Good bye.

гуд бай

До скорой встречи.

We'll be seeing you soon.

вил би 'сиинг ю сун

9. В ГОСТЯХ; ДЕЛОВОЕ ПОСЕЩЕНИЕ

9. PAYING CALLS: SOCIAL AND BUSINESS

Слова и выражения

Words and Expressions

посетитель / гость	caller / visitor / guest 'колэр / 'вызытор / гьест
хозяин	host 'хоуст
хозяйка	hostess 'хоустэс
гостеприимство	hospitality хоспы'тэлыти
наносить визит	to visit ту 'вызыт
заходить к кому-либо	to call on / to stop by / to drop in ку кол он / ту стоп бай / ту дроп ын
заходить за кем-либо	to call for / to pick up ту кол фор / ту пык ап
приглашать	to invite ту ин'вайт

Мы с женой хотим пригласить вас пообедать с нами.

My wife and I would like you to have dinner with us.
май вайф энд ай вуд лайк ю ту хэв 'дынэр выд ас

Я хочу пригласить вас на обед.

I'd like to invite you for dinner.
айд лайк ту ин'вайт ю фор 'дынэр

Вы могли бы пообедать с нами сегодня вечером?

Can you come to dinner tonight?
кэн ю кам ту 'дынэр ту'найт?

У нас в пятницу гости. Я надеюсь, вы сможете прийти.

We are giving a party on Friday. I do hope you can come.
ви ар 'гывинг э парти он 'фрайдэй. ай ду 'хоуп ю кэн кам

Заходите, пожалуйста.

Come in, please.
кам ын, плиз

46

Садитесь, пожалуйста.	Please sit down. плиз сыт 'даун
Что вы будете пить?	What would you like to drink? вот вуд ю лайк ту дрынк?
Угощайтесь.	Help yourself. / Enjoy yourself. хэлп ёр'сэлф / эн'джой ёр'сэлф
Еще немного, пожалуйста.	A little more, please. э лытл мор, плиз
Спасибо, больше не могу.	Thank you, I'm afraid I'm full. фэнк ю, айм э'фрэйд айм фул
Как называется это блюдо?	What is this dish called? вот ыз дыс дыш колд?
Это очень вкусно.	It is delicious. 'ытыз дэ'лышэс
Приходите, пожалуйста, завтра вечером на коктейль.	Can you come for a drink tomorrow evening? кэн ю кам фор э дрынк ту'мороу 'ивнинг?
Большое спасибо.	That's very kind of you. дэтс 'вэри кайнд ов ю
Будут гости. Вы придете?	We're having a few people in. Can you come? ви ар 'хэвинг э фью пипл ын. кэн ю кам?
Замечательно! Приду с удовольствием.	Great! I'd love to. грэйт! айд лав ту
В какое время мне прийти?	What time shall I come? вот тайм шэл ай кам?
Раздевайтесь, пожалуйста.	Please take off your coat. плиз тэйк оф ёр 'коут
Вы курите?	Do you smoke? ду ю 'смоук?
Извините за беспорядок.	Excuse the appearance of the place. экс'кьюз дэ э'пиэрэнс ов дэ плэйс
Можно мне прийти с приятелем?	May I bring a friend? мэй ай брынг э фрэнд?
В следующий раз вы должны прийти к нам.	Next time you must come to our place. нэкст тайм ю маст кам ту 'аур плэйс

Становится поздно. Мне пора идти домой.	It's getting late. I must be going home now. ытс 'гэтинг лэйт. ай маст би 'гоуинг 'хоум 'нау
Пожалуй, нам пора.	I'm afraid we've got to go. айм э'фрэйд вив гот ту 'гоу
Мне пора уходить.	I must be leaving now. ай маст би 'ливинг 'нау
Большое спасибо за приятный вечер.	Thank you very much for a lovely evening. фэнк ю 'вэри мач фор э 'лавли 'ивнинг
Спасибо за прием. Было замечательно.	Thank you for asking us. It was great. фэнк ю фор 'эскинг ас. ыт воз грэйт
Передайте сердечный привет вашей матери.	Best regards to your mother. бэст рэ'гардз ту ёр 'мадэр
Поцелуйте за меня вашу дочь.	Give my love to your daughter. гыв май лав ту ёр 'дотэр
Хотите сигарету?	Would you like a cigarette? вуд ю лайк э 'сигэрэт?
У вас не найдется прикурить?	Have you got a light, please? хэв ю гот э лайт, плиз?
Хотите что-нибудь выпить?	Can I get you something to drink? кэн ай гэт ю 'самфинг ту дрынк?
Вы не заняты сегодня вечером?	Are you free this evening? ар ю фри дыс 'ивнинг?
Хотите, пойдем с вами куда-нибудь в субботу вечером?	Would you like to go out with me Saturday night? вуд ю лайк ту гоу 'аут выд ми 'сэтэрдэй найт?
Я знаю хороший китайский ресторан.	I know a good Chinese restaurant. ай 'ноу э гуд чай'низ 'рэстэронт
Не хотите ли пойти потанцевать?	Would you like to go dancing? вуд ю лайк ту гоу 'дэнсинг?
Спасибо, с удовольствием.	I'd love to, thank you. айд лав ту, фэнк ю
Можно вас проводить?	May I take you home? мэй ай тэйк ю 'хоум?

Спасибо, это был чудесный вечер.

Thank you, it was a wonderful evening.
фэнк ю, ыт воз э 'вандэрфул 'ивнинг

Очень жаль, но у меня нет времени.

I'm sorry but I'm pressed for time.
айм 'сори бат айм прэст фор тайм

Боюсь, что отнял у вас слишком много времени.

I'm afraid I've taken up too much of your time.
айм э'фрэйд айв 'тэйкн ап ту мач ов ёр тайм

Он вышел.

He is out.
хи ыз 'аут

Ее нет дома.

She is not at home.
ши ыз нот эт 'хоум

Когда она вернется?

When will she be back?
вэн выл ши би бэк?

Она будет через час.

She will be back in an hour.
ши выл би бэк ын эн 'ауэр

Позвоните попозже, пожалуйста.

Call later, please.
кол 'лэйтор, плиз

Я хотел бы вас кое о чем спросить.

There is something I want to ask you.
дэар ыз 'самфинг ай вонт ту эск ю

Не могли бы вы уделить мне несколько минут?

Do you have a free moment to see me?
ду ю хэв э фри 'моумэнт ту си ми?

Я иду к вам.

I'm on my way.
айм он май вэй

Я хотел бы поговорить с вами сейчас.

I'd like to talk to you right now.
айд лайк ту ток ту ю райт 'нау

В какое время вам удобнее, чтобы я пришел?

When is the most convenient time for me to come and see you?
вэн ыз дэ моуст кэн'виниэнт тайм фор ми ту кам энд си ю?

Простите, я опоздал.

I'm sorry, I'm late. / Sorry for being late.
айм 'сори, айм лэйт / 'сори фор 'биинг лэйт

Пойдемте, пожалуйста.

Come along, please.
кам э'лонг, плиз

Сюда, пожалуйста.

This way, please.
дыс вэй, плиз

Жаль, что меня не было, когда вы звонили.

I'm sorry. I was out when you called.
айм 'сори. ай воз 'аут вэн ю колд

Иллюстративный диалог	Sample Dialogue
Доброе утро. Господин Прайс у себя?	Good morning. Is Mr. Price in?
	гуд 'морнинг. ыз 'мыстэр прайс ын?
Да. Простите, как ваше имя?	Yes, he is. May I ask your name?
	йес, хи ыз. мэй ай эск ёр нэйм?
Моя фамилия Браун. Я из фирмы Дженерал Моторс. Я пришел по служебным делам. У нас была договоренность.	My name is Brown. I'm from General Motors. I've come here on business. I had an appointment with Mr. Price.
	май нэйм ыз 'браун. айм фром 'джэнэрэл 'моторс. айв кам 'хиэр он 'бызнэс. ай хэд эн э'пойнтмэнт выд 'мыстэр прайс
Извините, но господин Прайс сейчас занят. Вы не подождете?	I'm sorry, but Mr. Price is engaged right now. Would you mind waiting?
	айм 'сори, бат 'мыстэр прайс ыз эн'гэйджд райт 'нау. вуд ю майнд 'вэйтинг?
Он будет занят долго? Я могу ждать не больше пятнадцати минут.	Will he be long? I can't wait more than fifteen minutes.
	выл хи би лонг? ай кэнт вэйт мор дэн фиф'тин 'мынэтс
О нет. Думаю, что он освободится минут через пять.	Oh, no. I think he'll be free in five minutes or so.
	оу, 'ноу. ай финк хил би фри ын файв 'мынэтс ор 'соу
Хорошо. Я подожду.	All right. I'll wait.
	ол райт. айл вэйт
Садитесь, пожалуйста.	Won't you sit down?
	'воунт ю сыт 'даун?
Спасибо.	Thank you.
	фэнк ю
Господин Прайс освободился и готов вас принять.	Mr. Price is free and will see you now.
	'мыстэр прайс ыз фри энд выл си ю 'нау
Проходите сюда, пожалуйста, господин Браун.	Please step this way, Mr. Brown.
	плиз стэп дыс вэй, 'мыстэр 'браун
Здравствуйте, господин Прайс. Я хотел бы поговорить с вами. Я понимаю, что вы очень заняты, и не задержу вас долго.	How do you do, Mr. Price? Could I just speak to you for a few minutes. I know you are very busy. I won't keep you long.
	хау ду ю ду 'мыстэр прайс. куд ай джаст спик ту ю 'форэ фью 'мынэтс. ай 'ноу ю ар 'вэри 'бызи. ай 'воунт кип ю лонг

10. ОБЩЕСТВЕННЫЙ ТРАНСПОРТ

10. PUBLIC TRANSPORTATION

Слова и выражения

Words and Expressions

улица	**street** стрит
на улице	**in the street / on the street** ын дэ стрит / он дэ стрит
переулок	**side street** 'сайдстрит
тротуар	**sidewalk / pavement** 'сайдвок / 'пэйвмэнт
перекресток, переход	**crosswalk / crossing / intersection** 'кросвок / 'кросинг / ынтэр'сэкшн
пешеход	**pedestrian** пи'дэстриэн
автобус	**bus** бас
трамвай	**streetcar** 'стриткар
метро	**subway** 'сабвэй
такси	**taxi / taxicab / cab** 'тэкси / 'тэксикэб / кэб
вход	**entrance** 'энтрэнс
выход	**exit** 'эгзит
конечная остановка	**terminal / last stop** 'тёрминэл /лэст стоп
остановка автобуса	**bus stop** бас стоп

ехать на . . .	to go by . . . ту гоу бай . . .
автобусе	bus бас
трамвае	streetcar 'стриткар
такси	taxi 'тэкси
идти пешком	to walk ту вок
большое / небольшое движение	heavy / light traffic 'хэви / лайт 'трэфик
пересаживаться	to transfer / to change ту 'трэнсфёр / ту чэндж
светофор	traffic light 'трэфик лайт
повернуть налево / направо	to turn (to the) left / right ту тёрн (ту дэ) лэфт / райт
заблудиться	to lose the way ту луз дэ вэй
Я заблудился. Не покажете ли мне дорогу к . . .	I'm lost. Could you show me the way to . . . айм лост. куд ю шоу ми дэ вэй ту . . .
Как мне доехать до . . . ?	How can I get to . . . ? хау кэн ай гэт ту . . . ?
Какой автобус идет до метро?	Which bus goes to the subway? выч бас 'гоуз ту дэ 'сабвэй?
Садитесь на (автобус) номер . . .	Take (bus) No. . . . тэйк (бас) 'намбэр . . .
Поезжайте до . . .	Go as far as . . . гоу эз фар эз . . .
Затем пересядьте на трамвай.	Then change to the streetcar. дэн чэндж ту дэ 'стриткар
Где мне сесть на трамвай, идущий до . . .	Where can I get the streetcar to . . . ? 'вэар кэн ай гэт дэ 'стриткар ту . . . ?
На каком автобусе я могу доехать до . . . ?	What bus do I take for . . . ? вот бас ду ай тэйк фор . . . ?

52

Где . . .

    остановка автобуса?

    конечная остановка?

Как часто идут автобусы в центр?

Когда идет первый /последний / следующий автобус?

Мне нужно делать пересадку?

Вы мне скажете, когда выходить?

Сколько мне ехать?

Этот трамвай идет до пляжа?

Сколько стоит билет?

Вы не смогли бы разменять мне доллар?

Где мне выйти, чтобы . . . ?

Вам выходить на следующей остановке.

Это место занято?

Какая следующая остановка?

Разрешите пройти?

Вы выходите на следующей остановке?

Это далеко?

Where is the . . .
'вэар ыз дэ . . .

    bus stop?
    'бастоп?

    terminal / last stop?
    'тёрминал / лэст стоп?

How often do the buses run downtown?
хау 'офэн ду дэ 'басыз ран даун-'таун?

When is the first / last / next bus?
вэн ыз дэ фёрст / лэст / нэкст бас?

Do I have to transfer?
ду ай хэв ту 'трэнсфёр?

Will you tell me when to get off?
выл ю тэл ми вэн ту гэт оф?

How long does the journey take?
хау лонг даз дэ 'джёрни тэйк?

Does this streetcar go to the beach?
даз дыс 'стриткар гоу ту дэ бич?

How much is the fare?
хау мач ыз дэ 'фэар?

Can you give me change for a dollar?
кэн ю гыв ми чэндж фор э 'долар?

What is the right stop for . . . ?
вот ыз дэ райт стоп фор . . . ?

You must get off at the next stop.
ю маст гэт оф эт дэ нэкст стоп

Is this seat taken?
ыз дыс сит 'тэйкн?

What is the next stop?
вот ыз дэ нэкст стоп?

Excuse me, please.
экс'кьюз ми плиз

Are you getting off at the next stop?
ар ю 'гэтинг оф эт дэ нэкст стоп?

Is it far?
'ызыт фар?

Нет, это близко.

No. It's near.
ноу. ытс 'ниэр

Когда начинается автобусное движение?

When do the buses start running?
вэн ду дэ 'басыз старт 'ранинг?

Я могу дойти туда пешком?

Can I walk there?
кэн ай вок 'дэар?

Как ближе всего дойти до . . . ?

Which is the shortest way to . . . ?
выч ыз дэ 'щортэст вэй ту . . . ?

Как мне идти, прямо?

Should I go straight ahead?
шуд ай гоу стрэйт э'хэд?

Пройдете прямо два квартала, а затем повернете направо.

Go straight for two blocks and then turn to the right.
гоу стрэйт фор ту блокс энд дэн тёрн ту дэ райт

Я правильно иду к . . . ?

Is this the right way to . . . ? / Am I going the right way to . . . ?
ыз дыс дэ райт вэй ту . . . ? / эм ай 'гоуинг дэ райт вэй ту . . . ?

Я пытаюсь найти вот этот адрес.

I'm trying to find this address.
айм 'трайинг ту файнд дыс э'дрэс

До . . . всего лишь пять минут ходьбы.

It's only five minutes' walk to . . .
ытс онли файв 'мынэтс вок ту . . .

Это . . .

It is . . .
'ытыз . . .

там

over there
'оувэр 'дэар

на углу

at the corner
эт дэ 'корнэр

в этом направлении

in this direction
ин дыс ды'рэкшэн

на другой стороне улицы

on the other side of the street
он дэ 'адэр сайд ов дэ стрит

налево

to the left
ту дэ лэфт

направо

to the right
ту дэ райт

прямо

straight ahead
стрэйт э'хэд

Покажите мне, пожалуйста, на карте, где я нахожусь.	Can you show me on this map where I am?
	кэн ю шоу ми он дыс мэп 'вэар ай эм?
Как называется эта улица?	What is the name of this street?
	вот ыз дэ нэйм ов дыс стрит?
Мы пойдем или поедем на автобусе?	Shall we walk or go by bus?
	шэл ви вок ор гоу бай бас?
Пожалуйста, остановите здесь — я хочу выйти.	Please stop here—I want to get off.
	плиз стоп 'хиэр — ай вонт ту гэт оф
Я хотел бы вызвать такси.	I want to call a cab. / Would you call a cab for me?
	ай вонт ту кол э кэб. / вуд ю кол э кэб фор ми?
Вы свободны?	Are you free?
	ар ю фри?
Куда ехать?	Where do you want to go? / Where to?
	'вэар ду ю вонт ту 'гоу? / 'вэар ту?
По этому адресу, пожалуйста.	To this address, please.
	ту дыс э'дрэс плиз
Мне надо в аэропорт.	I want to go to the airport.
	ай вонт ту 'гоу ту дэ 'эарпорт
Вы знаете, где это?	Do you know where it is?
	ду ю ноу 'вэар ы'тыз?
Поезжайте побыстрее, пожалуйста.	Please hurry.
	плиз 'хёры
Я спешу, нельзя ли ехать побыстрей?	I'm in a hurry. Could you go faster?
	айм ын э 'хёры. куд ю гоу 'фэстэр?
Поезжайте помедленнее, пожалуйста.	Go slower, please.
	гоу 'слоуэр плиз
Остановите здесь, пожалуйста.	Please stop here.
	плиз стоп 'хиэр
Здесь нельзя останавливаться.	I can't park here.
	ай кэнт парк 'хиэр
Подождите меня, пожалуйста.	Please wait for me.
	плиз вэйт фор ми
Отвезите меня, пожалуйста, в больницу.	Please take me to the hospital.
	плиз тэйк ми ту дэ 'хоспитэл

Сколько на счетчике?	**What does the meter say?** вот даз дэ 'митэр сэй?
Сколько стоит проезд в такси за одну милю?	**How much is it per mile?** хау мач 'ызыт пэр майл?
Сколько я вам должен?	**How much do I owe you?** хау мач ду ай оу ю?
Скажите, пожалуйста, где здесь метро?	**Where is the subway?** 'вэар ыз дэ 'сабвэй?
Где мне сделать пересадку . . . ?	**Where do I change for . . . ?** 'вэар ду ай чэндж фор . . . ?

<table>
<tr><td>Иллюстративный диалог</td><td>Sample Dialogue</td></tr>
</table>

Этот автобус идет до центра, не так ли?	**This bus goes downtown, doesn't it?** дыз бас 'гоуз даун'таун, 'дазнтыт?
Да, сэр. Проходите, пожалуйста, не стойте на ступеньках.	**Yes, sir. Come along, please. Step in.** йес сёр. кам э'лонг плиз. 'стэпын
Оплачивайте проезд, пожалуйста.	**Fares, please.** 'фэарз плиз
Два билета, пожалуйста.	**Two transfers, please.** ту 'трэнсфёрс плиз
Простите, не могли бы вы мне разменять доллар?	**Excuse me, could you change a dollar for me?** экс'кьюз ми, куд ю чэндж э 'долар фор ми?
Да, пожалуйста.	**Yes. Here you are.** йес. 'хиэр ю ар
Большое спасибо.	**Thank you very much.** фэнк ю 'вэри мач
Пожалуйста.	**You're welcome.** ю ар вэлкм
Пожалуйста, один билет.	**Transfer, please.** 'трэнсфёр плиз
Скажите мне, пожалуйста, когда мне нужно выходить.	**Will you let me know when to get off?** выл ю лэт ми ноу вэн ту гэт оф?
Хорошо.	**All right.** ол 'райт
Следующая остановка ваша.	**The next stop is yours.** дэ нэкст стоп ыз ёрз

11. В МАГАЗИНЕ

11. SHOPPING

Слова и выражения

Words and Expressions

магазин	**shop / store** шап / стор
универсальный магазин / магазин са-мообслуживания	**supermarket** 'супэрмаркэт
продукты	**food** фуд
мясо	**meat** мит
говядина	**beef** биф
свинина	**pork** порк
телятина	**veal** вил
курица	**chicken** чыкн
утка	**duckling** 'даклинг
индейка	**turkey** 'тёрки
печень	**liver** 'лывэр
рыба	**fish** фыш
треска	**cod** код
морской окунь	**ocean perch** 'оушэн пёрч
камбала / палтус	**sole** 'соул

лосось	**salmon** 'самон
сельдь	**herring** 'хэринг
молоко	**milk** милк
масло	**butter** 'батэр
сметана	**sour cream** 'сауэр крим
творог	**cream cheese / cottage cheese** крим чиз / 'котэдж чиз
сыр	**cheese** чиз
кефир	**yogurt** 'йогурт
хлеб	**bread** брэд
рогалики	**buns** банз
булочки	**rolls** ролз
конфеты	**candy** 'кэнди
печенье	**cookies** 'кукиз
колбаса	**sausage** 'сосидж
вареная колбаса	**luncheon meat** 'ланчэн мит
сухая колбаса	**salami** сэ'лами
ливерная колбаса	**liver sausage** 'лывэр 'сосидж
ветчина	**ham** хэм

сосиски	**wieners / frankfurters / hot dogs** 'винэрс / 'фрэнкфуртэрс / ' хот догс
котлета	**hamburger** 'хэмбургэр
овощи	**vegetables** 'вэджитэблз
лук	**onions** 'аниэнс
зеленый лук	**green onions / scallions** грин 'аниэнс / 'скэлиэнс
капуста	**cabbage** 'кэбидж
морковь	**carrots** 'кэротс
цветная капуста	**cauliflower** 'калифлауэр
свекла	**beets** битс
петрушка	**parsley** 'парсли
сельдерей	**celery** 'сэлэри
чеснок	**garlic** 'гарлик
кабачки	**squash** сквош
баклажаны	**eggplant** 'эгплант
укроп	**dill** дыл
помидоры	**tomatoes** то'мэйтоуз
огурцы	**cucumbers** 'кьюкамбэрс
редиска	**radish** 'рэдиш
фрукты	**fruit** фрут

яблоко	**apple** эпл
груша	**pear** 'пэар
виноград	**grapes** грэйпс
персик	**peach** пич
абрикос	**apricot** 'эприкоут
слива	**plum** плам
апельсин	**orange** 'орэндж
грейпфрут	**grapefruit** 'грэйпфрут
клубника	**strawberries** 'стробэрис
вишня	**cherry** 'чэри
малина	**red raspberry** рэд 'распбэри
ананас	**pineapple** 'пайнэпл
банан	**banana** бэ'нэна
сок	**juice** джюс
клюква	**cranberry** 'крэнбэри
мука	**flour** 'флауэр
манная крупа	**cream of wheat** крим ов вит
макароны	**macaroni** 'мэкорони
спагетти (итальянские макароны)	**spaghetti** спа'гэти

вермишель	**vermicelli** вёрми'сэли
рис	**rice** райс
дрожжи	**baking powder / yeast** 'бэкинг 'паудэр / ист
сода	**baking soda** 'бэкинг 'соуда
чай	**tea** ти
кофе	**coffee** 'кофи
зеленый горошек	**sweet peas** свит пиз
томатная паста	**tomato paste** то'мэйтоу пэйст
соль	**salt** солт
сахар	**sugar** 'шугар
растительное масло	**vegetable oil** 'вэджитэбл ойл
оливковое масло	**olive oil** олив ойл
подсолнечное масло	**sunflower oil** 'санфлауэр ойл
булочная	**bakery** 'бэкэри
гастроном	**delicatessen** дэлика'тэсн
бакалея	**grocery (store)** 'гросэри (стор)
молочная	**dairy (shop)** 'дэари (шап)
винный магазин	**liquor store** 'лыкэр стор
кондитерская	**pastry shop** 'пэстри шап

овощной магазин	fruit store фрут стор
аптека / магазин, где можно купить мыло, косметику, парфюмерию и т. д.	pharmacy / drugstore 'фармаси / 'драгстор
универмаг	department store дэ'партмэнт стор
женская одежда	women's clothing / women's wear 'вимэнс 'клоудзинг / 'вимэнс 'вээр
детская одежда	children's clothing / children's wear 'чилдрэнс 'клоудзинг / 'чилдрэнс 'вээр
меха	furs фёрс
платье	dress дрэс
юбка	skirt скёрт
блузка	blouse 'блауз
жакет, куртка	jacket 'джэкэт
халат	dressing gown / housecoat 'дрэсинг 'гаун / 'хаузкоут
купальный халат	bathrobe 'бэфроуб
брюки	pants / slacks 'пэнтс / слэкс
джинсы	jeans джинс
трусики	panties 'пэнтиз
комбинация	slip слып
пижама	pajamas пэ'джамас
бюстгальтер	brassiere / bra 'брасьер / бра

ситец	**cotton** катн
хлопок	**linen** ʼлайнэн
шелк	**silk** сылк
шерсть	**wool** вул
кожа	**leather** ʼлэдэр
туфли	**shoes** шуз
сапоги	**boots** бутс
сандалии	**sandals** ʼсэндэлз
комнатные туфли	**slippers** ʼслыпэрс
пальто	**coat / overcoat** ʼкоут / ʼоувэркоут
мужская одежда	**menswear** ʼмэнсвээр
костюм	**suit** сьют
галстук	**tie** тай
пиджак	**jacket** ʼджэкэт
рубашка	**shirt** шёрт
жилет	**vest** вэст
носки	**socks** сокс
одеяло	**blanket** ʼблэнкит

простыня	**sheet** 'шиит
подушка	**pillow** 'пилоу
наволочка	**pillowcase** 'пилоукэйз
мебель	**furniture** 'фёрничэр
стол	**table** тэйбл
стул	**chair** 'чэар
столовый гарнитур	**dining set** 'дайнинг сэт
кровать	**bed** бэд
матрац	**mattress** 'мэтрэс
письменный стол	**desk** дэск
лампа	**lamp** лэмп
настольная лампа	**reading lamp / table lamp** 'ридинг лэмп / тэйбл лэмп
книжная полка	**bookshelf** 'букшэлф
книжный шкаф	**bookcase** 'буккэйз
тумбочка / шкаф для белья	**dresser / chest / bureau** 'дрэссэр / чэст / бью'роу
диван-кровать	**sofabed** 'соуфабэд
диван	**sofa / coach** 'соуфа / 'кауч
цена	**price** прайс

распродажа	**sale / clearance sale** сэйл / 'клирэнс сэйл
на распродаже	**on sale** он сэйл
канцелярские товары	**stationery** 'стэйшнэри
книжный магазин	**bookstore / bookshop** 'букстор / ' букшап
хозяйственный магазин	**hardware store** 'хардвэар стор
комиссионный магазин	**secondhand shop / thrift shop** 'сэкэндхэнд шап / фрифт шап
Какой это размер?	**What size is it?** вот сайз 'ызыт?
Мой размер . . .	**My size is . . .** май сайз ыз . . .
Что бы вы хотели?	**What would you like?** вот вуд ю лайк?
Я бы хотела примерить это.	**I want to try it on.** ай вонт ту трай ыт он
Можно это примерить?	**May I try it on?** мэй ай трай ыт он?
Это прекрасно на вас сидит.	**That fits you perfectly.** дэт фытс ю 'пёрфэктли
Это платье мне мало / велико / слишком тесно / слишком широко.	**This dress is too small / large / tight / loose for me.** дыс дрэс ыз ту смол / лардж / тайт / луз фор ми
Покажите мне другое, пожалуйста.	**Show me another one. / Could I see another one?** шоу ми э'надэр ван. / куд ай си э'надэр ван?
Я не знаю американских размеров.	**I am not familiar with American sizes.** ай эм нот фэ'милиэр выд э'мэрикэн сайзис
Нельзя ли снять с меня мерку?	**Would you please measure me?** вуд ю плиз 'мэжэр ми?
Где примерочная?	**Where is the fitting / dressing room?** 'вэар ыз дэ 'фытинг / 'дрэсинг рум?

Хорошо сидит?	**Does it fit?** даз ыт фыт?
Очень хорошо сидит.	**It fits very well.** ыт фытс ’вэри вэл
Это слишком коротко / длинно.	**It’s too short / long.** ытс ту щорт / лонг
Я хотел бы купить туфли.	**I’d like a pair of shoes.** айд лайк э ’пэар ов шуз
Эти туфли мне слишком узки / широки / велики / малы.	**These shoes are too narrow / wide / large / small.** диз шуз ар ту ’нэроу / вайд / лардж / смол
Есть ли у вас туфли на номер больше / меньше?	**Do you have a larger / smaller size?** ду ю хэв э ’ларджэр / ’смолэр сайз?
Мне нужно что-нибудь вроде этого.	**I want something like this.** ай вонт ’самфинг лайк дыс
Это как раз то, что я хочу.	**That’s just what I want.** дэтс джаст вот ай вонт
Это не совсем то, что я хочу.	**It’s not quite what I want.** ытс нот квайт вот ай вонт
Пожалуйста, слушаю вас.	**Can I help you?** кэн ай хэлп ю?
Я просто смотрю, спасибо.	**I’m just looking.** айм джаст ’лукинг
Что бы вы хотели?	**What would you like?** вот вуд ю лайк?
цвет / размер / качество / количество	**color / style / quality / quantity** ’колор / стайл / ’кволыти / ’квонтыти
Мне нужно что-нибудь в тон к этому.	**I want something to match this.** ай вонт ’самфинг ту мэтч дыс
Нет, мне это не нравится.	**No, I don’t care for it.** ’ноу, ай ’доунт ’кээр фор ыт
Я это возьму.	**I’ll take it.** айл тэйк ыт
Сколько это стоит?	**How much is it?** хау мач ’ызыт?
Сколько стоит ярд?	**How much is that by the yard?** хау мач ыз дэт бай дэ ярд?

Вы не ошиблись в счете?	**I think there's an error in the bill.** ай финк 'дэар ыз эн 'эрор ын дэ был
Вы принимаете кредитные карточки?	**Do you accept credit cards?** ду ю эк'сэпт 'крэдит кардз?
Я хотел бы расплатиться наличными.	**I'd like to pay cash.** айд лайк ту пэй кэш
Будьте любезны, дайте мне чек, по-жалуйста.	**May I have a receipt, please?** мэй ай хэв э рэ'сит, плиз?
Что-нибудь еще?	**Anything else? / Something else?** 'энифинг элс? / 'самфинг элс?
Я хотел бы купить безделушки. Где отдел подарков?	**I'm looking for some knickknaks. Where is your gift department?** айм 'лукинг фор сам 'ник'нэкс. 'вэар ыз ёр гыфт дэ'партмэнт?
Спасибо, это все.	**Thank you, that's all.** фэнк ю, дэтс ол
Нельзя ли это обменять?	**Can you exchange this, please?** кэн ю экс'чэндж дыс, плиз?
Я хотел бы возвратить это.	**I'd like to return this.** айд лайк ту рэ'тёрн дыс
Я хотел бы получить деньги назад. Вот чек.	**I'd like a refund. Here is the receipt.** айд лайк э рэ'фанд. 'хиэр ыз дэ рэ'сит
Дайте мне, пожалуйста . . .	**I'd like a . . .** айд лайк э . . .
щетку для волос	**hairbrush** 'хэарбраш
расческу	**comb** кам
бигуди	**curlers** 'кёрлэрс
шпильки	**pins** пинз
щеточку для ногтей	**nail brush** 'нэйлбраш
крем / крем для лица	**cream / face cream / moisturezer** крим / фэйс крим / 'мойсчэ-райзэр
мыло	**soap** 'соуп

духи	**perfume** пэр'фюм
губную помаду	**lipstick** 'липстык
шампунь	**shampoo** шэм'пу
зубную щетку	**toothbrush** 'туфбраш
зубную пасту	**toothpaste** 'туфпэйст
полотенце	**towel** 'тауэл
туалетную бумагу	**toilet paper** 'тойлэт 'пэйпэр
одеколон	**toilet water / cologne** 'тойлэт 'вотэр / 'колоун
штопор	**corkscrew** 'коркскрю
посуду	**dishes / china / tableware** 'дышэс / 'чайна / 'тэйблвээр
ножи, вилки, ложки (серебряные)	**silverware** 'сылвэрвээр
рюмки, стаканы	**glassware** 'глэсвээр
консервный нож	**can opener** кэн 'оупнэр
чашки	**cups** капс
кружки	**mugs** магс
тарелки	**plates** плэйтс
блюдца	**saucers** 'сосэрс
вилки	**forks** форкс
ножи	**knives** найвз

ложки	**spoons** спунз
чайные ложки	**teaspoons** ʼтиспунз
У вас есть батарейки для этого?	**Have you got a battery for this?** хэв ю гот э ʼбэтэри фор дыс?
Дайте мне, пожалуйста, вилку для электробритвы.	**I want a plug for the razor.** ай вонт э плаг фор дэ ʼрэйзэр
часы	**clock** клок
утюг	**iron** ʼайрон
чайник	**teakettle / teapot** ʼтикэтл / ʼтипот
миксер	**blender** ʼблэндэр

Иллюстративный диалог

Sample Dialgue

Чем могу быть полезен, сэр?

What can I do for you, sir?
вот кэн ай ду фор ю, сёр?

Я хотел бы купить спортивную куртку. Я видел у вас на витрине. Будьте любезны, покажите мне ее.

I'd like to buy a blazer. I've just seen one in the window. Could you show it to me?
айд лайк ту бай э ʼблэзор. айв джаст син ван ын дэ ʼвиндоу. куд ю шоу ыт ту ми?

Одну минуту, пожалуйста. Сейчас принесу.

Just a minute. I'll get it for you.
джаст э ʼмынэт. айл гэт ыт фор ю

Спасибо.

Thank you.
фэнк ю

Вот, пожалуйста, куртка, которую вы просили.

Here you are; the blazer you asked for.
ʼхиэр ю ар; дэ ʼблэзор ю эскт фор

Да... Мне что-то не нравится цвет.

Well, let's see... I don't care for the color.
вэл, латс си... ай ʼдоунт ʼкээр фор дэ ʼколор

Я бы хотел того же фасона, но бежевого цвета.

I'd like the same style but in beige.
айд лайк дэ сэйм стайл бат ын бэйж

Одну минуту, пожалуйста.

One moment, please.
ван 'моумэнт, плиз.

Пожалуйста.

There you go.
'дэар ю 'гоу

О да. Это как раз то, что я хотел. Сколько она стоит?

Oh, yes, this is just what I want. How much is it?
оу, йес, дыс ыз джаст вот ай вонт. хау мач 'ызыт?

Она стоит 85 долларов 55 центов.

It is eighty five dollars and fifty five cents.
'ытыз 'эйти файв 'доларс энд 'фифти файв сэнтс

Хорошо, я ее возьму.

OK. I'll take it.
оу 'кэй. айл тэйк ыт

Вам показать что-нибудь еще?

Anything else?
'энифинг элс?

Да. Покажите мне, пожалуйста, рубашку.

Yes. Please show me a shirt.
йес. плиз шоу ми э шёрт

Какого цвета, сэр?

What color, sir?
вот 'колор, сёр?

Голубого.

Just a plain blue one.
джаст э плэйн блю ван

Вот, пожалуйста.

Here you are.
'хиэр ю ар

Спасибо. Она, кажется, из поплина, да?

Thank you. It looks like poplin, doesn't it?
фэнк ю. ыт лукс лайк 'паплин, дазнт ыт?

Да, сэр.

Yes, sir.
йес, сёр.

Тогда я беру ее тоже. Сколько будет стоить все вместе?

Then I'll take it too. How much does it add up to?
дэн айл 'тэйкыт ту. хау мач даз ыт эд ап ту?

Так. Куртка стоит 85.55, рубашка 16 долларов, плюс налог. Итак, все вместе будет стоить 108.15.

Well, let's see. The blazer is eighty five fifty five, the shirt is sixteen dollars, plus tax. That makes one hundred and eight dollars and fifteen cents.
вэл, лэтс си. дэ 'блэзор ыз 'эйти файв 'фифти файв. дэ шёрт ыз сыкс'тин 'доларс, плас тэкс. дэт мэйкс ван 'хандрэд энд эйт 'доларс энд фиф'тин сэнтс

Это все?

Да. Большое спасибо. До свидания. О, простите, где здесь обувной отдел?

Он на втором этаже.

Спасибо. До свидания.

Всего доброго. Заходите еще.

Is that all, sir?
ыз дэт ол, сёр?

Yes. Many thanks. Good bye. Oh, excuse me, where's the shoe department?
йес. 'мэни фэнкс. гуд бай. оу, экс'кьюз ми, 'вэарз дэ шу дэ'партмэнт?

It's on the second floor.
ытс он дэ 'сэконд флор

Thanks again. Bye.
фэнкс э'гэн. бай

All the best. Come back again.
ол дэ бэст. кам бэк э'гэн

12. НА ПОЧТЕ

12. AT THE POST OFFICE

Слова и выражения

Words and Expressions

почта

post / post office
’поуст / ’поуст ’офис

корреспонденция

mail
мэйл

почтовый ящик

mail-box / letter-box
мэйл бокс / ’лэтэр бокс

доставка

delivery
дэ’лывэри

Первая доставка корреспонденции производится в 12 часов.

The first delivery is at twelve.
дэ фёрст дэ’лывери ыз эт твэлв

Где выдача корреспонденции до востребования?

Where is general delivery?
’вэар ыз ’джэнэрэл дэ’лывэри?

письмо

letter
’лэтэр

служебное письмо

official letter / business letter
о’фишиэл ’лэтэр / ’бызнэс ’лэтэр

почтовая оплата

postage
’постыдж

Сколько стоит письмо в СССР?

What’s the postage for a letter to USSR?
вотс дэ ’постыдж фор э ’лэтэр ту юэсэс’ар?

почтовая открытка

postcard
’поусткард

почтовый тариф

postal rate
’поустл рэйт

льготный тариф

reduced charges
рэ’дьюсд ’чарджэс

штемпель

postmark
’поустмарк

обратный адрес	return address рэтёрн э'дрэс
Где нужно написать обратный адрес?	Where should I write the return address? 'вэар шуд ай райт дэ рэ'тёрн э'дрэс?
послать письмо	to post / to send / to mail a letter ту 'поуст / ту сэнд / ту мэйл э 'лэтэр
Я хочу послать письмо в Бостон.	I want to send a letter to Boston. ай вонт ту сэнд э 'лэтэр ту 'бостон
конверт	envelope 'энвэлоп
Где ближайшее почтовое отделение?	Where is the nearest post office? 'вэар ыз дэ 'ниэрэст 'поуст 'офис?
Где можно купить марки?	Where can I buy stamps? 'вэар кэн ай бай стэмпс?
Дайте мне, пожалуйста, марки.	I want some stamps, please. ай вонт сам стэмпс плиз
Дайте мне, пожалуйста, две марки по 40 центов.	Please give me two forty cent stamps. плиз гыв ми ту 'форти сэнт стэмпс
Дайте мне, пожалуйста, пять марок по 20 центов.	May I have five twenty cent stamps, please? мэй ай хэв файв 'твэнти сэнт стэмпс плиз?
Когда приходит почта?	When does the mail arrive? вэн даз дэ мэйл э'райв?
Почту доставляют в 4 часа дня.	The mail is delivered at 4 p. m. дэ мэйл ыз дэ'лывэрд эт фор пи эм
Я хочу послать это авиапочтой / заказным письмом / нарочным / ценным письмом.	I want to send this by air mail / registered mail / special delivery / insured mail. ай вонт ту сэнд дыс бай эар мэйл / 'рэджистрэд мэйл / 'спэшиэл дэ'лывэри / ин'шуэрд мэйл
Я хотел бы послать это письмо заказным.	I'd like to register this letter. айд лайк ту 'рэджистэр дыс 'лэтэр
Когда придет это письмо?	When will this letter get there? вэн выл дыс 'лэтэр гэт 'дэар?
бандероль	package 'пэкидж
книжная бандероль	book-rate 'букрэйт

посылка

parcel
'парсэл

Я хотел бы застраховать эту бандероль. Сколько это будет стоить?

I'd like to mail an insured package. How much will it cost?
айд лайк ту мэйл эн ин'шуэрд 'пэкидж. хау мач выл ыт кост?

Где мне расписаться на квитанции?

Where should I sign the receipt?
'вэар шуд ай сайн дэ рэ'сит?

Каков максимальный вес бандероли?

What can be the maximum weight for a package?
вот кэн би дэ 'мэксимум вэйт фор э 'пэкидж

Мне нужно заполнить форму?

Should I fill out a form?
шуд ай фыл аут э форм?

Сколько всего нужно заплатить?

What's the total amount?
вотс дэ 'тоутэл э'маунт?

телеграмма

telegram / wire
'тэлэгрэм / 'ваэр

Я хочу послать телеграмму.

I want to send a wire.
ай вонт ту сэнд э 'ваэр

Дайте мне, пожалуйста, бланк.

May I have a form, please?
мэй ай хэв э форм, плиз?

Сколько нужно платить за слово?

How much is it per word?
хау мач 'ызыт пэр вёрд?

Сколько времени идет телеграмма в Нью-Йорк?

How long will a telegram to New York take?
хау лонг выл э 'тэлэгрэм ту нью йорк тэйк?

Иллюстративный диалог

Sample Dialogue

Простите, вы не могли бы сказать, где здесь поблизости почта?

Excuse me, could you tell me if there is a post office nearby?
экс'кьюз ми, куд ю тэл ми ыф 'дэар ыз э 'поуст 'офис 'ниэрбай?

Да, почта находится прямо за углом.

Yes, there is the post office right around the corner.
йес, 'дэар ыз дэ 'поуст 'офис райт э'раунд дэ 'корнэр

Большое спасибо.

Thank you very much.
фэнк ю 'вэри мач

Пожалуйста.

You're welcome.
юар'вэлкм

Я хочу отправить это письмо в Москву, СССР. Сколько это будет стоить?

I want to send this letter to Moscow, USSR. How much is it?
ай вонт ту сэнд дыс 'лэтэр ту 'москау, юэсэс'ар. хау мач 'ызыт?

Авиапочтой — 40 центов.

Air mail—forty cents.
'эармэйл — 'форти сэнтс

Авиазаказным, пожалуйста. Теперь дайте мне, пожалуйста, 10 марок по 20 центов.

Make it air mail registered, please. Now give me ten twenty cent stamps, please.
мэйк ыт эар мэйл 'рэджистрэд, плиз. нау гыв ми тэн 'твэнти сэнт стэмпс, плиз

Вот, пожалуйста.

Here you are.
'хиэр ю ар

Большое спасибо. Вот деньги.

Thank you. Here's the money.
фэнк ю. 'хиэр ыз дэ 'мани

13. ПОСЕЩЕНИЕ ВРАЧА

13. AT THE DOCTOR'S

Слова и выражения

Words and Expressions

пациент, больной	**patient** 'пэйшнт
больница	**hospital** 'хоспитэл
карета скорой помощи	**ambulance** 'эмбюлэнс
поликлиника	**outpatient department** 'аутпэйшнт дэ'партмэнт
талон	**receipt / slip** рэ'сит / слып
терапевтическое отделение	**medical clinic** 'мэдикэл 'клыныk
хирургическое отделение	**surgical clinic** 'сёрджикл 'клыныk
детское отделение	**pediatric clinic** пиди'этрик 'клыныk
зубоврачебное отделение	**dental clinic** 'дэнтл 'клыныk
неотложная помощь	**emergency / emergency room** э'мёрджэнси /э'мёрдженси рум
терапевт	**physician** фи'зышн
хирург	**surgeon** 'сёрджэн
гинеколог	**gynecologist** гайнэ'колоджыст
кардиолог	**cardiologist** карди'олоджист
диетолог	**nutritionist** ну'трышэныст

зубной врач	dentist 'дэнтыст
Я хотел бы записаться к врачу на . . .	I'l like to make an appointment for . . . айд лайк ту мэйк эн э'пойнтмэнт фор
сегодня	today ту'дэй
завтра	tomorrow ту'мороу
2 часа	two o'clock ту о'клок
следующую неделю	next week нэкст вик
Я хотел бы записаться к терапевту.	I'l like to make an appointment with a physician. айд лайк ту мэйк эн э'пойнтмэнт выд э фи'зышн
У меня...	I am sick with . . . ай эм сык выд . . .
Я болен.	I feel ill. ай фил ыл
Я простудился.	I have caught (a) cold. ай хэв кот (э) 'коулд
Я простужен.	I have a cold. ай хэв э 'коулд
У меня кашель.	I have a cough. ай хэв э коф
У меня высокая температура.	I've got a high fever. айв гот э хай 'фивэр
На что жалуетесь?	What's the trouble? вотс дэ трабл?
У меня болит горло.	I have a sore throat. ай хэв э сор 'фроут
У меня болит голова.	I have a headache. ай хэв э 'хэдэйк
У меня боль.	I have a pain. ай хэв э пэйн
У меня насморк.	I have a running nose. ай хэв э 'ранинг 'ноуз

У вас что-нибудь болит?	Do you feel (a) pain anywhere? ду ю фил (э) пэйн 'энивэар?
У меня болит . . .	I have a pain in . . . ай хэв э пэйн ын . . .
живот	my stomach май 'стомэк
грудь	my chest май чэст
спина	my back май бэк
У меня кружится голова.	I feel dizzy. ай фил 'дызи
Меня тошнит.	I feel nauseated. ай фил носи'эйтид
Меня лихорадит.	I feel feverish. ай фил 'фивэриш
У меня грипп.	I have the flu. ай хэв дэ флу
Измерьте ему / ей температуру.	Take his / her temperature. тэйк хиз / хёр 'тэмпрэчэ
У меня озноб.	I feel shiverly / chilled. ай фил 'шывэри / чылд
Мне дурно.	I feel faint. ай фил фэйнт
болезнь	disease ди'сиз
У меня . . .	I have . . . ай хэв . . .
желчно-каменная болезнь	gallstones / a gallstone problem 'голстоунс / э ' голстоун 'про-блэм
больное сердце	a cardiac condition / heart disease э 'кардиэк кэн'дышн / харт ди'сиз
язва желудка	a stomac ulcer э 'стомэк 'алсэр
язва двенадцатиперстной киш-ки	a duodenal ulcer э дьюо'динэл 'алсэр

высокое давление	high blood pressure
	хай блад 'прэшэ
диабет	diabetes
	дайэ'бэтис
воспаление легких	pneumonia
	нью'моуниэ
туберкулез	tuberculosis / TB
	тубёркью'лосис / ти'би
колит	colitis
	ко'лайтис
гастрит	gastritis / an upset stomach
	гэс'трайтис / эн ап'сэт 'стомэк
понос	diarrhea
	дайэ'риа
запор	constipation
	кансти'пэйшн
бессонница	insomnia
	ин'сомниэ
аппендицит	appendicitis
	эпэнди'сайтис

лечение

treatment
'тритмэнт

Какой курс лечения мне необходим?

What kind of treatment do I need?
вот кайнд ов 'тритмэнт ду ай нид?

выздороветь

to recover / to get well / to be well again
ту рэ'кавэр / ту гэт вэл / ту би вэл
э'гэн

Он совсем выздоровел?

Has he quite recovered?
хэз хи квайт рэ'кавэрд?

Надеюсь, что вам скоро станет лучше.

I hope you'll soon be well.
ай 'хоуп юл сун би вэл

У вас ничего серьезного.

That isn't so bad. / It's nothing to worry
about. / It's nothing serious.
дэт ызнт 'соу бэд / итс 'нафинг ту 'ва-
ри э'баут / итс 'нафинг 'сириэз

А как аппетит?

And how is your appetite?
энд хау ыз ёр 'эпитайт?

Я не могу ничего есть.

I can't eat.
ай кэнт ит

Я почти ничего не ем.	I can hardly eat anything. ай кэн 'хардли ит 'энифинг
Я хорошо ем.	I have a good appetite. ай хэв э гуд 'эпитайт
Дайте-ка я измерю ваше давление.	Let me check your blood pressure. лэт ми чэк ёр блад 'прэшэр
Я выпишу вам рецепт.	I'll write you out a prescription. айл райт ю аут э прэ'скрыпшн
лекарство	medicine 'мэдсин
пилюли / таблетки	pills / tablets / capsules пылз / 'тэблэтс / 'кэпслз
капли	drops дропс
мазь	ointment 'ойнтмэнт
Закажите лекарство в аптеке.	Order the medicine at a pharmacy. 'ордер дэ 'мэдсин эт э 'фармэси
Приготовьте, пожалуйста, лекарство по этому рецепту.	Please fill / make up this prescription. плиз фыл / мэйк ап дыс прэ'скрыпшн
У вас есть это лекарство?	Do you have this medicine? ду ю хэв дыс 'мэдсин?
Сколько раз в день следует принимать лекарство?	How many times a day shall I take the medicine? хау 'мэни таймз э дэй шэл ай тэйк дэ 'мэдсин?
Три раза в день до / после еды.	Three times a day before / after meals. фри таймз э дэй би'фор / 'эфтэр милз
Принимайте по столовой / чайной ложке четыре раза в день.	Take a tablespoon / a teaspoon four times a day. тэйк э 'тэйблспун / э 'тиспун фор таймз э дэй
Как вы себя чувствуете?	How are you feeling? хау ар ю 'филынг?
Спасибо, хорошо.	I'm all right. / I'm fine. айм ол райт / айм файн
Я чувствую себя неважно.	I don't feel so well. ай 'доунт фил 'соу вэл

Сделайте глубокий вдох.	**Breathe deeply.** бриф ’дипли
Задержите дыхание.	**Hold your breath.** холд ер брэф
Выдохните.	**Let out your breath.** лэт аут ёр брэф
Это у вас впервые?	**Is this the first time you’ve had this problem?** ыз дыс дэ фёрст тайм юв хэд дыс ’проблэм?
Я возьму у вас мочу на анализ.	**I want a specimen of your urine.** ай вонт э ’спэсимэн ов ёр юэ’рин
Я пошлю вас к специалисту.	**I want you to see a specialist.** ай вонт ю ту си э ’спэшиэлыст
Вы переутомились.	**You are overtired.** ю ар ’оувэртайд
Вам нужно отдохнуть.	**You need rest.** ю нид рэст
Вы должны полежать в постели пару дней.	**You must stay in bed for a couple of days.** ю маст стэй ын бэд фор э капл ов дэйз
Я вас направлю в больницу на обследование.	**I want you to go to the hospital for a general checkup / examination.** ай вонт ю ту гоу ту дэ ’хоспитэл фор э ’джэнэрэл чек ап / экзами’нэйшн
Пропишите мне, пожалуйста, лекарство.	**I’d like you to prescribe some medicine for me.** айд лайк ю ту прэ’скрайб сам ’мэдсин фор ми
Пожалуйста, разденьтесь до пояса.	**Please remove your clothing down to the waist.** плиз рэ’мув ёр ’клоудзинг даун ту дэ вэйст
У меня был сердечный приступ.	**I had a heart attack.** ай хэд э харт э’тэк
Где неотложная помощь?	**Where is the emergency room?** ’вэар ыз дэ э’мёрджэнси рум?
Я хочу, чтобы вам сделали рентген.	**I want you to have X-rays taken.** ай вонт ю ту хэв ’эксрэйз тэйкн

Когда вы будете меня оперировать?	When are you going to operate on me? вэн ар ю 'гоуинг ту опэ'рэйт он ми?
Мне кажется, я сломала / вывихнула руку.	I think I fractured / dislocated my arm. ай финк ай 'фрэкчэрд / дислокэйтид май арм
Вы растянули мышцу.	You've pulled a muscle. юв пулд э масл
Вы потянули / разорвали связку.	You've sprained / torn a ligament. юв спрэйнд / торн э 'лыгэмэнт
Вы не могли бы посмотреть этот ушиб / ожог / порез / фурункул / опухоль?	Could you have a look at this bruise / burn / cut / boil / swelling? куд ю хэв э лук эт дыс бруз / бёрн / кат / 'свэлинг?
У меня нет инфекции?	Do I have an infection? ду ай хэв эн ин'фэкшн?
Заражения нет.	It isn't infected. ыт ызнт ин'фэктид
Я не сплю.	I can't sleep. ай кэнт слип
Мне снятся кошмары.	I'm having nightmares. айм хэвинг 'найтмэарс
Мне нужно снотворное.	I want some sleeping pills. ай вонт сам 'слипинг пылз
У меня депрессия.	I'm feeling depressed. айм 'филинг дэ'прэст
У меня не в порядке нервы.	I'm in a nervous state. айм ын э нёрвэз стэйт
Я вам дам успокоительное.	I'll give you a sedative. айл гыв ю э 'сэдэтив
Вам нужно расслабиться / успокоиться.	You should relax. ю шуд рэ'лэкс
Какое лекарство вы принимаете?	What medicine have you been taking? вот 'мэдсин хэв ю бин 'тэйкинг?
Вы беременны?	Are you pregnant? ар ю 'прэгнэнт?
Когда вы ждете ребенка?	When is the baby due? вэн ыз дэ 'бэйби дью?
Этот зуб болит.	This tooth is aching. дыс туф ыз 'эйкинг

У меня выпала пломба.

I have lost a filling.
ай хэв лост э 'фылинг

У меня нарыв.

I have an abscess.
ай хэв эн 'эбсис

Я хочу, чтобы вы вырвали мне зуб.

I want you to extract the tooth.
ай вонт ю ту 'экстрэкт дэ туф

Можно спасти этот зуб?

Can this tooth be saved?
кэн дыс туф би сэйвд?

Можете ли вы починить коронку / мост?

Can you repair the crown / the bridge?
кэн ю рэ'пэар дэ краун / дэ брыдж?

Вы будете удалять нерв?

Are you going to do a root canal?
ар ю 'гоуинг ту ду э рут кэ'нал?

У меня кровоточат десны.

My gums are bleeding.
май гамз ар 'блидинг

У меня сломался зуб.

I have a broken tooth. / I broke my tooth.
ай хэв э 'броукн туф / ай 'броук май туф

Иллюстративный диалог

Sample Dialogue

У ЗУБНОГО ВРАЧА

AT THE DENTIST'S

У меня ужасно болит зуб, доктор.

I have a terrible toothache, doctor.
ай хэв э 'тэрибл 'туфэйк, 'доктор

Ну, ну... Ложитесь. Раскройте рот, пожалуйста, пошире. Посмотрим ваши зубы.

Well... Sit down in this chair. Open your mouth wide, please. Let's have a look at your teeth.
вэл... сыт 'даун ын дыс 'чэар. 'оупэн ёр 'мауф вайд, плиз. лэтс хэв э лук эт ёр тиф

Конечно, больше всего вас беспокоит вот этот коренной зуб. К сожалению, его придется удалить.

Of course, it's the back one that's giving you most of the trouble. I'm sorry but it'll have to come out.
ов корс, ытс дэ бэк ван дэтс 'гывинг ю 'моуст ов дэ трабл. айм 'сори бат ытл хэв ту кам аут

Неужели? Это будет очень больно, доктор?

Oh, really? Will it hurt much, doctor?
оу, 'риэли? выл ыт хёрт мач, 'доктор?

Нет. Уверяю вас, вы ничего не почувствуете. Я сделаю вам обезболивающий укол.

No. I promise that you won't feel a thing. I'll give you a pain injection.

'ноу. ай 'промиз дэт ю 'воунт фил э финг. айл гыв ю э пэйн ин'джэкшн

Вы его уже удалили?

Is it out already?

'ызыт аут ол'рэди?

Да, смотрите, какой большой.

Yes, look! Isn't it a big one?

йес, лук! 'ызнт ыт э биг ван?

Прекрасно! Я совсем ничего не почувствовал.

Great! I felt no pain at all.

грэйт! ай фэлт 'ноу пэйн э'тол

Вы не могли бы зайти ко мне завтра? У вас есть еще один зуб, которым нужно заняться. Он не очень разрушен, его нужно только запломбировать.

Now, will you please come back tomorrow? There is another one to be attended to. It's not very badly decayed, it only needs a filling.

'нау, выл ю плиз кам бэк ту'мороу? 'дэар ыз э'надэр ван ту би э'тэндыд ту. ытс нот 'вэри 'бэдли дэ'кэйд, ыт 'онли нидз э 'фылинг

Когда у вас завтра приемные часы, доктор?

What are your office hours tomorrow, doctor?

вот ар ёр 'офис 'ауэрз ту'мороу, 'доктор?

Я принимаю с 2.30 до 8.

My hours will be from 2:30 to 8 P. M.

май 'ауэрз выл би фром ту 'фёрти ту эйт пи эм

Можно записаться на три часа?

Could I make an appointment for three o'clock?

куд ай мэйк эн э'пойнтмэнт фор фри о'клок?

Разумеется.

Certainly.

'сёртэнли

Хорошо. До свиданья, доктор.

Fine. Good bye, doctor.

файн. гуд бай, 'доктор

Всего хорошего.

Bye-bye. Have a nice day.

бай бай. хэв э найс дэй

Всего хорошего.

You too.

ю ту

14. В ПАРИКМАХЕРСКОЙ

14. AT THE HAIRDRESSER'S

Слова и выражения

Words and Expressions

парикмахер	**hairdresser** 'хэйрдрэсэр
мужской парикмахер	**barber** 'барбэр
парикмахерская	**hairdresser's (shop)** 'хэйрдрэсэрс (шап)
мужская парикмахерская	**barber's / barbershop** 'барберс / 'барбэршап
дамская парикмахерская / косметический салон	**beauty parlor / beauty shop / beauty salon** 'бьюти 'парлор / 'бьюти шап / 'бьюти сэ'лон
борода	**beard** 'биэрд
усы	**mustache** мэс'тэш
бакенбарды	**whiskers** 'выскэрс
бритвенный прибор	**shaving set** 'шэйвинг сэт
(безопасная) бритва	**(safety) razor** ('сэйфти) 'рэйзэр
электробритва	**electric razor** э'лэктрик 'рэйзэр
ножницы	**scissors** 'сизорс
ножницы, машинка для стрижки	**hair-clippers / clippers** 'хэйр 'клипэрс / 'клипэрс
зеркало	**mirror** 'мирор

85

щетка для волос	hairbrush 'хэйрбраш
щетка для ногтей	nail brush 'нэйлбраш
крем для лица	(face) cream ('фэйс) крим
лак для ногтей	nail polish 'нэйл 'палиш
лак для волос	hairspray 'хэйрспрэй
тушь для ресниц	mascara мэс'кара
жидкость для снятия лака	polish remover 'палиш рэ'мувэр
румяна	rouge руж
бигуди	curlers 'кёрлэрс
Не скажете ли, где находится мужская парикмахерская / дамская парикмахерская / косметический салон?	Can you tell me where the barbershop / the ladies' hairdresser / the beauty parlor is? кэн ю тэл ми 'вэар дэ 'барбэршап / дэ 'лэйдыз 'хэйрдрэсэр / дэ 'бьюти 'парлор ыз?
Постригите меня, пожалуйста.	I want a haircut, please. ай вонт э 'хэйркат плиз
Побрейте меня, пожалуйста.	I'd like a shave. айд лайк э шэйв
Постригите коротко.	Cut it short. кат ыт щорт
Оставьте подлиннее.	Leave it fairly long. лив ыт 'фээрлы лонг
Пожалуйста, не стригите ножницами.	Don't use the clippers. 'доунт юз дэ 'клипэрс
Бритвой, пожалуйста.	Razor-cut, please. 'рэйзэркат плиз
Снимите еще немного.	A little more off. э 'лытл 'мор оф

Так достаточно.	That's enough off.
	дэтс и'наф оф
Подстригите немного сзади и с боков.	Just trim around the back and ears.
	джаст трым э'раунд дэ бэк энд 'иарз
Снимите немного . . .	Take a little off . . .
	тэйк э лытл оф . . .

бороду — beard

здесь
'хиэр

на затылке
in the back
ын дэ бэк

на шее
at the neck
эт дэ нэк

по бокам
at the sides
эт дэ сайдс

сверху.
on top.
он топ

Пожалуйста, подстригите мне . . .
Would you please trim my . . .
вуд ю плиз трым май . . .

бороду
beard
'биард

усы.
mustache
мэс'тэш

Сколько я должен?
How much do I owe you?
хау мач ду ай оу ю?

У меня жирные / сухие волосы.
I have oily / dry hair.
ай хэв 'ойлы / драй 'хэйр

Я хотел бы договориться на четверг.
I'd like to make an appointment for some time on Thursday.
айд лайк ту мэйк эн э'пойнтмэнт фор сам тайм он 'фёрсдэй

Сколько времени нужно подождать?
How long will I have to wait?
хау лонг выл ай хэв ту вэйт?

Завейте мне волосы, пожалуйста.
Please, I want my hair waved.
плиз ай вонт май 'хэйр вэйвд

Могли бы вы меня причесать сейчас?
Can you do my hair now?
кэн ю ду май 'хэйр нау?

Пожалуйста, подстригите и причешите ...	I'd like my hair cut and shaped ... айд лайк май хэйр кат энд шэйпт ...

с челкой — with bangs / выд 'бэнгз

под мальчика — page-boy stile / 'пэйджбой стайл

с локонами — with curls / выд кёрлз

с завивкой — with waves / выд 'вэйвз

бритвой — with razor / выд 'рэйзэр

ножницами — with scissors / clippers / выд 'сизорс / 'клипэрс

Сделайте мне, пожалуйста ...	I'd like to have a ... айд лайк ту хэв э ...

обесцвечивание — bleach / блич

оттеночное полоскание — color rinse / 'колор рынз

окраску — dye / tint / дай / тынт

перманент — permanent / 'пёрмэнэнт

оттенок — touchup / 'тачап

тот же цвет — the same color / дэ сэйм 'колор

светлее — a lighter color / э 'лайтэр 'колор

темнее — a darker color / э 'даркэр 'колор

каштановый цвет — auburn / 'абэрн

блондинкой — blond / блонд

брюнеткой — brunette / брю'нэт

88

Лака не нужно.

I don't want any hairspray.
ай 'доунт вонт эни 'хэйрспрэй

Не хотите ли горячий компресс на лицо?

Would you like a hot towel on your face?
вуд ю лайк э хот 'тауэл он ёр фэйс?

Сделайте мне, пожалуйста . . .

I want to have . . .
ай вонт ту хэв . . .

маникюр

a manicure
э 'мэникьюэр

педикюр

a pedicure
э 'пэдикьюэр

массаж лица

a facial
э 'фэйшл

косметическую маску

a face pack
э фэйс пэк

Эта женщина слишком много красится.

This woman uses too much makeup.
дыс 'вумэн юзиз ту мач 'мэйкап

Иллюстративный диалог

Sample Dialogue

Садитесь, пожалуйста. Что бы вы хотели?

This chair, please. What can I do for you?
дыс 'чэар плиз. вот кэн ай ду фор ю?

Я хочу постричься.

I'd like to have my hair cut.
айд лайк ту хэв май хэйр кат

Вас постричь покороче?

Do you want it cut short?
ду ю вонт ыт кат щорт?

Оставьте подлинней спереди, снимите побольше сзади и сделайте пробор слева.

Leave it fairly long in front, but cut a good deal off in back and part it on the left.
лив ыт 'фээрли лонг ын франт, бат кат э гуд дил оф ын бэк энд 'парт ыт он дэ лэфт

Я обычно ношу пробор слева.

I usually part my hair on the left.
ай 'южиэли парт май 'хэйр он дэ лэфт

Шею побрить или постричь?

Shall I shave or clip round the neck?
шэл ай шэйв ор клып раунд дэ нэк?

Побрейте только с боков, пожалуйста.

Just shave down the sides, please.
джаст шэйв 'даун дэ сайдс плиз

Не хотите ли помыть голову?

Would you like a shampoo?
вуд ю лайк э шам'пу?

Нет, спасибо. Сейчас у меня нет на это времени.

No, thank you. I haven't time for one right now.

ноу фэнк ю. ай 'хэвнт тайм фор ван райт 'нау

В ДАМСКОЙ ПАРИКМАХЕРСКОЙ

AT THE BEAUTY SHOP

У меня договоренность на сегодня.

I have an appointment for today.

ай хэв эн э'пойнтмэнт фор ту'дэй

Да, мадам.

Yes, madam.

йес, мэм

Перед вами только один человек. Я закончу через несколько минут. Присядьте, пожалуйста.

There's only one person ahead of you. I'll be done in a couple of minutes. Won't you take a seat?

'дэар ыз 'онлы ван 'пёрсон э'хэд ов ю. айл би дан ын э капл ов 'мынэтс. 'воунт ю тэйк э сит?

Ваша очередь, мадам. Садитесь, пожалуйста. Что бы вы хотели?

It's your turn, madam. Sit down, please. What would you like?

ытс ёр тёрн мэм. сыт 'даун плиз. вот вуд ю лайк?

Я хотела бы, чтобы вы вымыли, завили и уложили мне волосы.

I'd like to have my hair washed and set.

айд лайк ту хэв май 'хэйр вошт энд сэт

Прекрасно. Какую вы хотели бы завивку?

How would you like it set?

'хау вуд ю лайк ыт сэт?

Локоны.

Curls.

кёрлз

С челкой или без?

With bangs or without?

выд бэнгз ор вы'даут?

Да, с челкой.

Yes, with bangs.

йес, выд бэнгз

Хорошо, мадам.

All right, madam.

ол райт, мэм

15. БЫТОВОЕ ОБСЛУЖИВАНИЕ

15. REPAIRS AND SERVICES

Слова и выражения

Words and Expressions

РЕМОНТ ЧАСОВ

WATCH REPAIR
воч рэ'пэар

чинить

repair
рэ'пэар

часы

watch
воч

Пожалуйста, отрегулируйте мои часы.

Please regulate my watch.
плиз 'рэгьюлэйт май воч

Вы могли бы починить эти часы?

Can you repair this watch?
кэн ю рэ'пэар дыс воч?

Разбито стекло.

The glass is broken.
дэ глэс ыз 'броукн

Лопнула пружина.

The spring is broken.
дэ спрынг ыз 'броукн

Порван ремешок / браслет.

The strap / bracelet is broken.
дэ стрэп / 'брэйслэт ыз 'броукн

Когда они будут готовы?

When will it be ready?
вэн выл ыт би 'рэди?

Это часы нужно почистить?

I want this watch cleaned.
ай вонт дыс воч клинд

Сколько это стоит?

How much is it?
хау мач 'ызыт?

РЕМОНТ ОБУВИ

SHOE REPAIR
шу рэ'пэар

Где ближайший ремонт обуви?

Where is the nearest place for shoe repairs?
вэар ыз дэ 'ниэрэст плэйс фор шу рэ'пэарз?

Можно починить эти туфли?

Can you repair these shoes?
кэн ю рэ'пэар диз шуз?

Сколько будет стоить их починка?

How much will it cost to have them repaired?
хау мач выл ыт кост ту хэв дэм рэ'пэард?

Мне нужны новые . . .

I need new . . .
ай нид нью . . .

подметки

soles
'соулз

каблуки

heels
хилз

набойки

heel-taps
хил тэпс

ремешки

straps
стрэпс

Я хотел бы почистить обувь.

I would like to have my shoes polished.
ай вуд лайк ту хэв май шуз 'полишт

Могу ли я купить у вас шнурки для ботинок?

Do you have shoelaces?
ду ю хэв 'шулэйсэз?

МАГАЗИН ФОТОТОВАРОВ

PHOTOGRAPHY
фо'тогрэфи

Мой фотоаппарат не работает.

My camera isn't working.
май 'кэмэра ызнт 'вёркинг

Можете ли вы его починить?

Can you repair it?
кэн ю рэ'пэар ыт?

Дайте мне, пожалуйста, пленку для этого аппарата.

I'd like some film for this camera.
айд лайк сам фылм фор дыс 'кэмэра

черно-белая

black and white
блэк энд вайт

цветная негативная

color print film / color prints
'колор прынт фылм / 'колор фылм

цветная позитивная

color slide film / color slides
'колор слайд фылм / 'колор слайдс

пленка для искусственного освещения

indoor light type
'ындор лайт тайп

пленка для дневного света

daylight / outdoor type
'дэйлайт / 'аутдор тайп

чувствительность	**film speed** фылм спид
размер	**size** сайз
Можете ли вы зарядить фотоаппарат?	**Could you put the film in for me?** куд ю пут дэ фылм ын фор ми?
Пленку заело.	**The film is jammed.** дэ фылм ыз джэмд
Можно проявить эту пленку?	**Can you develop this film?** кэн ю дэ'вэлоп дыс фылм?
Сколько стоит проявить пленку?	**How much do you charge for developing?** хау мач ду ю чардж фор дэ'вэло-пинг?
Я хочу по два отпечатка с каждого негатива.	**I want two prints of each negative.** ай вонт ту прынтс ов ич 'нэгэтив
Увеличьте это, пожалуйста.	**Will you enlarge this, please?** выл ю эн'лардж дыс, плиз?
Что-то не в порядке с . . .	**There is something wrong with the . . .** 'дэар ыз 'самфинг ронг выд дэ . . .
установкой выдержки	**exposure counter** экс'поужэр 'каунтэр
перемоткой	**film winder** фылм 'вайндэр
затвором	**shutter** 'шатэр
Я хотел бы купить . . .	**I want . . .** ай вонт . . .
тросик	**a cable release** э кэбл рэ'лиз
экспонометр	**an exposure meter** эн экс'поужэр 'митэр
лампы для вспышки	**flash bulbs** флэш балбз
фильтр	**a filter** э 'фылтэр
объектив	**a lens** э лэнз

ПРАЧЕЧНАЯ И ХИМЧИСТКА

Где ближайшая прачечная?

Эти вещи нужно ...

почистить

отутюжить

погладить

выстирать

Когда это будет готово?

Мне это нужно ...

сегодня

вечером

завтра

до субботы

Мне это нужно как можно скорее.

Когда я могу это получить?

Это не мое.

Можно ли это заштопать / залатать / зашить?

Пришейте, пожалуйста, пуговицу.

Тут дырка.

LAUNDRY AND DRY CLEANING

Where is the nearest laundry?
'вэар ыз дэ 'ниэрэст 'лондри?

I want these clothes ...
ай вонт диз 'клоудз ...

cleaned
клинд

pressed
прэст

ironed
'айронд

washed
вошт

When will they be ready?
вэн выл дэй би 'рэди?

I need it ...
ай нид ыт ...

today
ту'дэй

tonight
ту'найт

tomorrow
ту'мороу

before Saturday
би'фор 'сэтэрдэй

I need it as soon as possible.
ай нид ыт эз сун эз 'пасыбл

When can I have it back?
вэн кэн ай хэв ыт бэк?

This isn't mine.
дыс 'ызнт майн

Can you mend / patch / stitch this?
кэн ю мэнд / пэч / стыч дыс?

Can you sew on this button?
кэн ю сью он дыс батн?

There is a hole in this.
'дэар ыз э 'хоул ын дыс

Иллюстративный диалог	Sample Dialogue
Добрый день!	**Good afternoon.** гуд ’эфтэрнун
Здравствуйте. Чем могу быть полезен?	**Hello. What can I do for you?** хэ’лоу. вот кэн ай ду фор ю?
Можно вывести это пятно?	**Can you get this stain out?** кэн ю гэт дыс стэйн аут?
Дайте-ка посмотреть. Это краска или жир?	**Let me see. Is this paint or grease?** лэт ми си. ыз дыс пэйнт ор грис?
Я полагаю, что жир.	**I guess it’s grease.** ай гьес ытс грис
Тогда все в порядке.	**Then there is no problem.** дэн ’дэар ыз ноу ’проблэм
Когда я смогу получить вещь обратно?	**When may I have it back?** вэн мэй ай хэв ыт бэк?
Вы могли бы зайти через час?	**Could you stop by in an hour?** куд ю стоп бай ын эн ’ауэр?
Разумеется.	**Sure.** ’шуар
Хорошо. Увидимся через час.	**OK. See you in an hour.** оу’кэй. си ю ын эн ’ауэр
Спасибо. До свиданья.	**Thank you. Bye.** фэнк ю. бай

16. АВТОМОБИЛЬ

16. PRIVATE TRANSPORTATION: THE CAR

Слова и выражения

Words and Expressions

машина

car
кар

водительские права

driver's license
'драйвэрс 'лайсэнс

бензин

gasoline / gas
гэзо'лин / гэз

машина, бывшая в употреблении / старая машина

used car
юзд кар

Здравствуйте, я звоню по объявлению в газете о продаже машины.

Hello, I'm calling about your ad in the newspaper for a car.
хэ'лоу, айм 'колинг э'баут ёр эд ын дэ 'ньюспэйпэр фор э кар

Позвольте задать вам несколько вопросов.

Let me ask you some questions.
лэт ми эск ю сам 'квэсчэнз

Каков пробег у машины?

What is ths mileage on the car?
'вотыз дэ 'майлыдж он дэ кар?

Сколько миль она дает на галлон . . .

What mileage do you get . . .
вот 'майлыдж ду ю гэт . . .

в городе?

in town?
ын 'таун

на автостраде?

on the freeway?
он дэ 'фривэй?

Вы первый владелец машины?

Are you the original owner?
ар ю дэ э'рыджынэл 'оунэр?

Сколько дверей у машины?

Is it a two-door or a four-door car?
'ызыт э ту дор ор фор дор кар?

Снабжена ли машина . . .

Does it have . . .
'дазыт хэв . . .

автоматической трансмиссией?

automatic transmission?
ото'мэтик трэнс'мышн?

рулем с усилителем?

power steering?
'пауэр 'стиринг?

тормозами с усилителем?

power brakes?
'пауэр брэйкс?

Есть ли вмятины на машине?

Are there any dents on the car?
ар 'дэар эни дэнтс он дэ кар?

Есть ли ржавчина на машине?

Is there any rust on the car?
ыз 'дэар эни раст он дэ кар?

Была ли ваша машина в аварии?

Have you had any accident with the car?
хэв ю хэд эни 'эксидэнт выд дэ кар?

Находятся ли шины в хорошем состоянии?

Are the tires in good condition?
ар дэ 'тайэрс ын гуд кэн'дышн?

Какого она цвета?

What color is it?
вот 'колор 'ызыт?

Сколько вы за нее хотите?

How much are you asking for it?
хау мач ар ю 'эскинг фор ыт?

Это слишком дорого для меня.

That's too high / much for me.
дэтс ту хай / мач фор ми

Я могу предложить 900 долларов.

I'm ready to offer nine hundred dollars.
айм 'рэди ту 'офэр найн 'хандрэд 'доларс

Я хотел бы проверить машину у механика прежде, чем я куплю ее.

I would like to have the car checked out by my mechanic before I buy it.
ай вуд лайк ту хэв дэ кар чэкт аут бай май мэ'кэник би'фор ай бай ыт

Я хочу взять машину напрокат.

I want to hire / rent a car.
ай вонт ту 'хаэр / рэнт э кар

Сколько это будет стоить?

What are the charges?
вот ар дэ 'чарджэс?

Где можно получить права?

Where can I get a driver's license?
'вэар кэн ай гэт э 'драйвэрс 'лайсэнс?

Я хочу застраховать машину.

I'd like to take out automobile insurance.
айд лайк ту тэйк аут 'отэмобил ин'шу-эрэнс

Простите, можно тут поставить машину?

Excuse me. May I park here?
экс'кьюз ми. мэй ай парк 'хиэр?

Надолго ли можно поставить тут машину?

How long may I park here?
хау лонг мэй ай парк 'хиэр?

Сколько будет стоить поставить здесь машину?	What's the charge for parking here? вотс дэ чардж фор 'паркинг 'хиэр?
Где ближайшая заправочная станция?	Where is the nearest filling station? 'вэар ыз дэ 'ниэрест 'фылинг стэйшн?
Дайте мне, пожалуйста, 10 галлонов / литров бензина.	I want ten gallons / liters, please. ай вонт тэн 'гэлонс / 'лытэрз плиз
Дайте мне, пожалуйста, 15 галлонов обыкновенного бензина.	I'd like to have fifteen gallons of regular. айд лайк ту хэв фиф'тин 'гэлонс ов 'рэгьюлэр
Наполните бак, пожалуйста.	Fill up the tank, please. 'фылап дэ тэнк плиз
Проверьте, пожалуйста, масло и воду.	Check the oil and water, please. чэк дэ ойл энд 'вотэр плиз
Проверьте аккумулятор, пожалуйста.	Please, check the battery. плиз чэк дэ 'бэтэри
Проверьте, пожалуйста, давление в шинах.	Would you check the tires? вуд ю чэк дэ 'тайэрс?
Какое давление должно быть в шинах?	What pressure should they be? вот 'прэшэр шуд дэй би?
Пожалуйста, проверьте запасное колесо.	Please, check the spare tire. плиз чэк дэ 'спээр 'тайэр
Поставьте, пожалуйста, новую покрышку.	Will you change this tire, please? выл ю чэндж дыс 'тайэр плиз?
У меня прокол в шине.	I have a flat. ай хэв э флэт
Можно заделать этот прокол?	Can you fix this flat? кэн ю фыкс дыс флэт?
Помойте машину, пожалуйста.	Please, wash the car. плиз вош дэ кар
Пожалуйста, помойте переднее стекло.	Would you clean the windshield, please? вуд ю клин дэ 'вындшилд плиз?
Поменяйте масло, пожалуйста.	Change the oil, please. чэндж дэ ойл плиз
Зарядите аккумулятор, пожалуйста.	Charge the battery, please. чардж дэ 'бэтэри плиз
Нет ли у вас карты дорог?	Do you have a road map? ду ю хэв э роуд мэп?

Где здесь туалет?	**Where is the restroom?** ’вэар ыз дэ ’рэструм?
Скажите, как проехать к ... ?	**Can you tell me the way to ... ?** кэн ю тэл ми дэ вэй ту ... ?
Куда идет эта дорога?	**Where does this road lead to?** ’вэар даз дыс ’роуд лид ту?
Как доехать до ... ?	**How do I get to ... ?** хау ду ай гэт ту ... ?
Вы неправильно едете.	**You are going the wrong way.** ю ар ’гоуинг дэ ронг вэй
Поезжайте по этой дороге.	**Go that way.** гоу дэт вэй
Это находится там.	**It’s down there.** ытс ’даун ’дэар
Это расположено левее.	**It’s on the left.** ытс он дэ лэфт
Это расположено правее.	**It’s on the right.** ытс он дэ райт
Поезжайте до первого / второго пере-крестка.	**Go to the first / second intersection.** гоу ту дэ фёрст / ’сэконд интер’сэкшн
Поверните налево / направо у свето-фора.	**Turn left / right at the traffic light.** тёрн лэфт / райт эт дэ ’трэфик лайт
Можно от вас позвонить? На дороге произошла авария.	**May I use your telephone? There has been an accident.** мэй ай юз ёр ’тэлэфоун? ’дэар хэз бин эн ’эксидэнт
Кто-нибудь пострадал?	**Is anyone hurt?** ыз ’эниван хёрт?
Все в порядке. Не волнуйтесь.	**It’s all right. Don’t worry.** ытс ол райт. ’доунт ’вары
Вызовите скорую помощь, пожалуйста.	**Call the ambulance, please.** кол дэ’эмбюлэнс плиз
Есть пострадавшие.	**There are injured people.** дэар ар ’ынджёрд пипл
Он тяжело ранен.	**He is badly hurt.** хи ыз ’бэдли хёрт
Она без сознания.	**She is unconscious.** ши ыз ан’коншэс

Кого-то переехала машина.

Somebody has been run over.
'самбоди хэз бин ран 'оувэр

Вызовите полицию, пожалуйста.

Please call the police.
плиз кол дэ пэ'лис

Не дадите ли ваше имя и адрес?

Would you mind giving your name and address?
вуд ю майнд 'гывинг ёр нэйм энд э'дрэс?

Вот, пожалуйста, мое имя и адрес.

Here is my name and address.
хиэр ыз май нэйм энд э'дрэс

Мне нужен переводчик.

I need an interpreter.
ай нид эн ин'тёрпрэтёр

Не согласитесь ли быть свидетелем?

Would you mind acting as a witness?
вуд ю майнд 'эктинг эз э 'вытнэс?

штраф

ticket / fine
'тыкэт / файн

нарушение правил уличного движения

traffic violation
'трэфик вайэ'лэйшн

вызов в суд

citation
сай'тэйшн

стоянка запрещена

parking prohibited
'паркинг про'хыбитэд

просрочено время стоянки

overtime parking
'оувэртайм 'паркинг

Где ближайшая станция обслуживания?

Where is the nearest garage?
'вэар ыз дэ 'ниэрэст га'радж?

У меня сломалась машина.

My car has broken down.
май кар хэз 'броукн 'даун

Нельзя ли прислать грузовик, чтобы взять на буксир мою машину?

Can you send a truck to tow my car?
кэн ю сэнд э трак ту тоу май кар?

Я захлопнула ключи в машине. Не найдется ли у вас куска проволоки?

I locked the keys in the car. Can you give me a wire hanger?
ай локт дэ киз ын дэ кар. кэн ю гыв ми э 'вайэрхэнгэр?

Не могли бы вы мне помочь?

Can you help me?
кэн ю хэлп ми?

Я не знаю, что случилось с машиной.

I don't know what's wrong with the car.
ай 'доунт 'ноу вотс ронг выд дэ кар

Я думаю, что не в порядке . . .	I think there is something wrong with the . . . ай финк 'дэар ыз 'самфинг ронг выд дэ . . .
аккумулятор	battery 'бэтэри
тормоза	brakes брэйкс
зажигание	ignition иг'нышн
сцепление	clutch клач
система охлаждения	cooling system 'кулинг 'сыстэм
лампы	bulbs балбс
контакт	contact 'контэкт
электрооборудование	electrical system э'лэктрикэл 'сыстэм
мотор	engine 'энджин
переключатель переднего освещения	dimmers 'дымэрс
передача	gear 'гиэр
коробка скоростей	gear-box 'гиэрбокс
ручной тормоз	handbrake 'хэндбрэйк
фары	headlights 'хэдлайтс
коробка передач	transmission трэнс'мышн
гудок	horn хорн
указатель поворота	signals 'сыгнэлс

тормозные огни	**brake lights** брэйк лайтс
задние огни	**rear / tail lights** 'риэр / тэйл лайтс
педаль	**pedal** пэдл
свечи	**spark plugs** спарк плагс
обогреватель	**heater** 'хитэр
отражатели	**reflectors** рэ'флэкторс
рулевое управление	**steering** 'стиэринг
стартер	**starting motor** 'стартинг 'мотор
колеса	**wheels** вилз
подвеска	**suspension** сас'пэншн
стеклоочистители	**wipers** 'вайперс
Это . . .	**It is . . .** ы'тыз . . .
сломалось	**broken** 'броукн
сгорело	**burnt** бёрнт
разъединилось	**disconnected** дыска'нэктыд
треснуло	**cracked** крэкт
испорчено	**defective** дэ'фэктыв
течет	**leaking** 'ликинг
болтается	**loose** луз

стучит	knocking 'нокинг
шумит	noisy 'нойзи
не работает	not working нот 'вёркинг
перегревается	overheating оувэр'хитинг
буксует	slipping 'слыпинг
вибрирует	vibrating вай'брэйтинг
перебой зажигания	misfiring мис'файэринг

Радиатор течет.

The radiator is leaking.
дэ рэди'эйтор ыз 'ликинг

Машина не заводится.

The car won't start.
дэ кар 'воунт старт

Нужно отрегулировать педаль.

The pedal needs adjusting.
дэ пэдл нидз э'джастинг

Стеклоочистители плохо действуют.

The wipers are smearing.
дэ 'вайпэрс ар 'смиэринг

Не работает вентиляция / отопление.

The air conditioner / heater is not working.
дэ эаркэн'дышнэр / 'хитэр ыз нот 'вёркинг

Рулевое колесо вибрирует.

The steering wheel is vibrating.
дэ 'стиэринг вил ыз вай'брэйтинг

Сколько времени уйдет на ремонт?

How long will it take to repair?
хау лонг выл ыт тэйк ту рэ'пэар?

Я приду . . .

Suppose I come back . . .
сэ'поуз ай кам бэк . . .

через час

in an hour
ын эн 'ауэр

сегодня вечером

tonight
ту'найт

завтра

tomorrow
ту'мороу

103

Сколько это будет стоить?

What is it going to cost?
вот ыз ыт 'гоуинг ту кост?

Я хотел бы покрасить машину.

I would like to have the car painted.
ай вуд лайк ту хэв дэ кар 'пэйнтыд

Иллюстративный диалог

Sample Dialogue

Здравствуйте. Я хотел бы поговорить с механиком.

Hello! Could I see the mechanic?
хэ'лоу! куд ай си дэ мэ'кэник?

Одну минутку.

Yes, just a minute.
йес, джаст э 'мынэт

Добрый день. Как поживаете?

Good afternoon. How are you doing today?
гуд 'эфтэрнун. хау ар ю 'дуинг ту'дэй?

Здравствуйте. Спасибо, хорошо.

Hi! Thank you, I am fine.
хай! 'фэнк ю, ай эм файн

Что случилось с машиной?

What's wrong with the car?
вотс ронг выд дэ кар?

Я не знаю. Не могли бы вы взглянуть?

I don't know. Would you mind taking a look?
ай 'доунт ноу. вуд ю майнд 'тэйкинг э лук?

Конечно, посмотрю. Так...

Sure. Let me see. Well . . .
'шуар. лэт ми си. вэл . . .

Вы нашли поломку? Что-нибудь серьезное?

Have you found the trouble? Is it serious?
хэв ю 'фаунд дэ трабл? ыз ыт 'сириэз?

Да. Я так думаю.

Yes. I would say so.
йес. ай вуд сэй 'соу

Вы сможете это починить?

Can you fix it?
кэн ю фыкс ыт?

Боюсь, что нет. У меня нет необходимых запасных частей.

I'm afraid not. I don't have the parts in stock.
айм э'фрэйд нот. ай 'доунт хэв дэ партс ын сток

Правда?! А вы бы не могли так исправить, чтобы я смог доехать до ближайшей мастерской?

Oh, really?! Well, can you fix it so that I can go as far as the nearest garage?
оу 'риэли?! вэл, кэн ю фыкс ыт 'соу дэт ай кэн 'гоу эз фар эз дэ 'ниэрэст гэ'радж?

Сделаю все возможное.

Все готово?

Да-да.

Сколько я вам должен? Я хотел бы посмотреть квитанцию сначала. Перечислите, что было сделано, пожалуйста.

Это вам. Большое спасибо. До свидания.

I'll do my best.
айл ду май бэст

Is everything fixed?
ыз 'эврифинг фыкст?

Oh, yes.
оу, йес

How much do I owe you? I'd like to check the bill first. Will you itemize the work done?
хау мач ду ай 'оу ю? айд лайк ту чэк дэ бил фёрст. выл ю 'айтэмайз дэ вёрк дан?

This is for you. Thank you very much for your help. Good bye!
дыс ыз фор ю. фэнк ю 'вэри мач фор ёр хэлп. гуд бай!

17. РЕСТОРАН

17. EATING OUT

Слова и выражения

Words and Expressions

кафе (самообслуживание)

cafeteria
кафи'тириа

ресторан

restaurant
'рэстэронт

буфет, закусочная

snack bar
снэк бар

бар

bar
бар

жареные цыплята

fried chicken
фрайд чыкн

мясная котлета с булкой

hamburger
'хэмбургер

мясная котлета с булкой, сыром и овощами

cheeseburger
'чизбургэр

рыба жареная с булкой и овощами

fishburger
'фышбургер

молочный коктейль

milkshake
'мылкшэйк

клубничный

strawberry
'стробэри

шоколадный

chocolate
'чокэлэт

мороженое

ice cream
'айскрим

сосиска с булочкой

hot dog
хот дог

меню

menu
'мэнью

закуска

appetizer
'эпитайзэр

легкая закуска	**snack** снэк
мясные блюда	**meat and poultry dishes** мит энд 'поултри 'дышэс
бифштекс	**steak** стэйк
бефстроганов	**beef Stroganoff** биф 'строгэноф
биточки	**meatballs** 'митболз
говядина	**beef** биф
баранина	**lamb** лэм
свинина	**pork** порк
телятина	**veal** вил
индейка	**turkey** 'тёрки
гусь	**goose** гус
утка	**duck** дак
кролик	**rabbit** 'рэбит
отбивная котлета	**chop** чоп
печенка	**liver** 'лывэр
почки	**kidneys** 'кыдныз
ростбиф	**roast beef** 'роуст биф
сосиски	**frankfurters / franks / wieners** 'фрэнкфуртэрс / фрэнкс / 'винэрс
рыбные блюда	**fish and seafood** фыш энд 'сифуд

краб	**crab** крэб
омар	**lobster** 'лобстэр
камбала	**flounder** 'флаундэр
окунь	**perch** пёрч
осетр	**sturgeon** 'стёрджэн
палтус	**halibut** 'хэлибат
лосось	**salmon** 'самон
судак	**pike perch** пайк пёрч
щука	**pike** пайк
форель	**trout** 'траут
устрицы	**oysters** 'ойстэрс
вареное	**boiled** бойлд
жареное	**roast / fried** 'роуст / фрайд
печеное	**baked** бэйкт
жареное (на вертеле)	**grilled / broiled** грылд / бройлд
тушеное	**stewed / braised** стьюд / брэйзд
фаршированное	**stuffed** стафт
паровое	**steamed** стимд
копченое	**smoked** 'смоукт

с кровью / средне прожаренный / хорошо прожаренный	rare / medium / well done 'рэар / 'мидиум / вэл дан
суп	soup суп
бульон	broth броф
гороховый суп / гороховый суп-пюре	pea soup / split pea soup пи суп / сплыт пи суп
фасолевый суп / суп из темной фасоли	bean soup / navy bean soup бин суп / ' нэйви бин суп
овощной суп	vegetable soup 'вэджитэбл суп
суп с лапшой	noodle soup нудл суп
суп из броколи	broccoli soup 'брокали суп
куриный суп	chicken soup чыкн суп
картофельный суп	potato soup пэ'тэйтоу суп
гарнир	garnish 'гарныш
жареная картошка	french fries / french fried potatoes фрэнч фрайз / фрэнч фрайд пэ'тэйтоуз
картофельное пюре	mashed potatoes мэшт пэ'тэйтоуз
артишоки	artichokes 'артишокс
баклажаны	eggplant 'эгплант
брюссельская капуста	Brussels sprouts 'брасэлс 'спраутс
фасоль	beans бинз
зеленый горошек	sweet peas / peas свит пиз / пиз
капуста	cabbage 'кэбидж

салат	**lettuce** 'лэтьюс
салат из овощей	**salad / mixed green salad** 'сэлэд / мыкст грин 'сэлэд
соус (заправлять салат)	**dressing / salad dressing** 'дрэсинг / 'сэлэд 'дрэсинг
перец	**pepper** 'пэпэр
горчица	**mustard** 'мастард
уксус	**vinegar** 'винигэр
хрен	**horseradish** 'хорсрэдыш
клецки из теста	**dumplings** 'дамплынгс
подливка	**gravy** 'грэйви
яйца вкрутую	**hard-boiled eggs** 'хардбойлд эгз
яйца всмятку	**soft-boiled eggs** 'софтбойлд эгз
омлет	**omelet** 'омлит
яичница	**scrambled eggs / fried eggs** 'скрэмблд эгз / фрайд эгз
десерт	**dessert** дэ'сёрт
напитки	**drinks** дрынкс
крепкие напитки	**hard drinks** хард дрынкс
безалкогольные напитки	**soft drinks** софт дрынкс
сухое вино	**dry wine** драй вайн
красное вино	**red wine** рэд вайн

110

белое вино	white wine вайт вайн
коньяк	cognac 'коньяк
виски с содовой	whiskey and soda 'выски энд 'соуда
виски со льдом	whiskey on the rocks 'выски он дэ рокс
чистое виски	neat / straight whiskey нит / стрэйт 'выски
водка	vodka 'водка
брэнди	brandy 'брэнди
джин	gin джин
джин с тоником	gin and tonic джин энд 'тоңык
портвейн	port порт
ром	rum рам
ликер	liqueur 'лыкёр
херес	cherry 'чэри
вермут	vermouth вэр'муф
прохладительные напитки	beverages / cold drinks 'бэвэрэджиз / колд дрынкс
лимонад	lemonade 'лэмонэйд
сок	juice джюс
минеральная вода	mineral water 'минэрэл 'вотэр
газированная вода	soda 'соуда

крем-сода	cream soda крим 'соуда
клубничная вода	strawberry soda 'стробэри 'соуда
малиновая вода	raspberry soda 'распбэри 'соуда
имбирная вода	ginger ale 'джинджэр эйл
апельсиновая вода	orange soda 'орэндж 'соуда
пиво	beer бир
светлое / темное пиво	light / dark beer лайт / дарк бир
кофе	coffee 'кофи
чай	tea ти
Простите, не скажете ли, где здесь можно перекусить?	Excuse me. Could you tell me, where we can find a snack bar over here? экс'кьюз ми. куд ю тэл ми 'вэар ви кэн файнд э снэк бар 'оувэр 'хиэр?
Где здесь поблизости ресторан?	Where is the nearest restaurant? 'вэар ыз дэ 'ниэрэст 'рэстэронт?
Это китайский ресторан?	Is that a Chinese restaurant? ыз дэт э чай'низ 'рэстэронт?
Я не люблю мексиканскую кухню. Она слишком острая.	I don't like Mexican food. It's too spicy for me. ай 'доунт лайк 'мэксикэн фуд. ытс ту 'спайси фор ми
Индийская кухня тоже острая?	Is Indian food also hot? ыз 'ындиэн фуд 'олсоу хот?
Где здесь японский ресторан?	Where is a Japanese restaurant? 'вэр ыз э 'джэпаныз 'рэстэронт?
Я предпочитаю итальянскую или французскую кухню.	I prefer Italian or French food. ай прэ'фёр и'тэлиэн ор фрэнч фуд
Какой ресторан вы можете порекомендовать?	Which restaurant would you recommend? выч 'рэстэронт вуд ю рэко'мэнд?

112

Добрый вечер. У вас есть столик на троих?

Good evening. Do you have a table for three?

гуд 'ивнинг. ду ю хэв э тэйбл фор фри?

Здесь свободно?

Is this seat / table available?

ыз дыс сит / тэйбл э'вэйлбл?

Можно сесть там / у окна / в углу / снаружи?

Could I have a table over there / by the window / in the corner / outside?

куд ай хэв э тэйбл 'оувэр 'дэар / бай дэ 'вындоу / ын дэ 'корнэр / 'аутсайд?

Я заказывал столик. Меня зовут Бад Ривз.

I have reserved a table. My name is Bud Reeves.

ай хэв рэ'зёрвд э тайбл. май нэйм ыз бад ривз

Принесите, пожалуйста, бутылку вина / стакан воды / закуску.

Could we have a bottle of wine / a glass of water / an appetizer?

куд ви хэв э ботл ов вайн / э глэс ов 'вотэр / эн 'эпитайзэр?

Я хочу заказать столик на завтра.

I'd like to reserve a table for tomorrow.

айд лайк ту рэ'зёрв э тэйбл фор ту-'мороу

Стол заказан.

Reserved
рэ'зёрвд

Я ужасно голоден.

I could eat a horse.
ай куд ит э хорс

Что-то мне совсем не хочется есть.

I don't feel like eating anything. / I'm not hungry at all.
ай 'доунт фил лайк 'итинг 'энифинг / айм нот 'хангри эт ол

Примите, пожалуйста, заказ.

Take our order, please.
тэйк 'ауэр 'ордэр плиз

Что-нибудь легкое, пожалуйста.

Something light, please.
'самфинг лайт плиз

Что это за блюдо?

What is this dish?
вот ыз дыс дыш?

Из какой рыбы это приготовлено?

What kind of fish is it made with?
вот кайнд ов фыш 'ызыт мэйд выд?

Что вы посоветуете?

What do you recommend?
вот ду ю рэко'мэнд?

Какие у вас фирменные блюда?

What are your house specialties?
вот ар ёр хауз 'спэшэлтис?

У вас есть ...?

Do you have ...?
ду ю хэв ...?

Принесите, пожалуйста, две порции ...

Could you please bring two helpings of ...
куд ю плиз брынг ту 'хэлпингс ов ...?

Передайте, пожалуйста, перец.

Please pass the pepper.
плиз пэс дэ 'пэпэр

Можно еще?

Some more, please?
сам мор плиз?

Я очень наелся. Больше ничего, спасибо.

I am full. Nothing more, thanks.
ай эм фул. 'нафинг мор, фэнкс

Я не люблю острой пищи.

I don't like spicy food.
ай 'доунт лайк 'спайси фуд

Счет, пожалуйста.

May I have the bill, please?
мэй ай хэв дэ был плиз?

Было очень вкусно.

It was delicious.
ыт воз дэ'лышэс

Мясо пережарено / недожарено.

The meat is overdone / underdone.
дэ мит ыз 'оувэрдан / 'андэрдан

Рыба сырая.

The fish is undercooked / almost row.
дэ фыш ыз 'андэркукт / 'олмоуст ро

Это слишком жесткое.

This is too tough.
дыс ыз ту таф

Иллюстративный диалог

Sample Dialogue

Давайте пообедаем в этом ресторане. Здесь хорошо кормят и цены умеренные.

Let's have our dinner in this restaurant. They serve very good meals here and the prices are quite reasonable.
лэтс хэв 'ауэр 'дынэр ын дыс 'рэстэронт. дэй сёрв 'вэри гуд милз 'хиэр энд дэ 'прайсэз ар квайт 'ризэнбл

Хорошо, я целиком доверяюсь вам.

Well, you lead the way.
вэл, ю лид дэ вэй

Что мы закажем? Наверное, полный обед? Я ужасно проголодался.

What shall we have? A full course dinner, I suppose? I'm awfully hungry.
вот шэл ви хэв? э фул корс 'дынэр ай сэ'поуз? айм 'офули 'хангри

Я тоже. И очень хочется пить.

So am I. And I'm thirsty, too.
соу эм ай. энд айм 'фёрсти ту

Прекрасно. Тогда сначала выпьем по стакану минеральной воды или сока. Что вы предпочитаете?

OK. Then let's have a glass of mineral water or some juice first. Which do you prefer?

'оукэй. дэн лэтс хэв э глэс ов 'минэрэл 'вотэр ор сам джюс фёрст. выч ду ю прэ'фёр?

Мне лучше апельсинового сока со льдом.

I prefer orange juice with ice.

ай прэ'фёр 'орэндж джюс выд айс

Официант! Два апельсиновых сока со льдом, пожалуйста.

Waiter! Two iced orange juices, please.

'вэйтэр! ту айст 'орэндж джюсиз, плиз

Теперь посмотрим меню. Как насчет крепких напитков?

Now let's see the menu. How about a highball or a cocktail?

нау лэтс си дэ 'мэнью. хау э'баут э 'хайбол ор э 'коктэйл?

Нет, спасибо. Мне лучше бы сухое белое вино или что-нибудь шипучее.

Not for me. I'd like dry white wine or something sparkling.

нот фор ми. айд лайк драй вайт вайн ор 'самфинг 'спарклинг

Хорошо. Но что же все-таки, вино или шампанское, может быть?

Fine. But what will it be—wine or champagne, perhaps?

файн. бат вот выл ыт би — вайн ор шэм'пэйн пёр'хэпс?

Пожалуй, вино.

Wine, I guess.

вайн, ай гьес

Ладно. Шампанское можно взять на десерт. Итак, бокал вина вам и виски с содовой для меня. Теперь выберем закуску. Что вы предлагаете?

OK. We can order champagne for dessert. So, it's a glass of wine for you and a whiskey and soda for me. Now comes the appetizer. What do you think?

'оукэй. ви кэн 'ордэр шэм'пэйн фор дэ'сёрт. соу, ытс э глэс ов вайн фор ю энд э 'выски энд 'соуда фор ми. нау камз дэ 'эпитайзер. вот ду ю финк?

Думаю, неплохо бы заказать салат с острым соусом.

Some kind of salad with a good tangy dressing would do, I think.

сам кайнд ов 'сэлэд вид э гуд 'тэнджи 'дрэссинг вуд ду, ай финк

А я, пожалуй, возьму креветок. Теперь посмотрим супы.

And I think I'll have shrimps. Now for the soup.

энд ай финк айл хэв шрымпс. нау фор дэ суп

Лучше спросить официанта. Что он порекомендует?

We'd better ask the waiter to recommend something.

вид 'бэтэр эск дэ 'вэйтэр ту рэко-'мэнд 'самфинг

115

Можете ли вы нам сказать, какие первые блюда у вас фирменные?

Can you tell us, what your specialties are for the first course?

кэн ю тэл ас вот ёр 'спэшэлтис ар фор дэ фёрст корс?

Я бы посоветовал куриный суп с овощами и специальной приправой.

I would recommend chicken soup with vegetables and herbs.

ай вуд рэко'мэнд чыкн суп выд 'вэджитэблз энд хёрбс

Прекрасно.

Fine.

файн

Из мясных и рыбных блюд у нас имеется жареная лососина, жареный на вертеле окунь, бараньи отбивные и ростбиф.

For the fish and meat courses we have broiled salmon, grilled perch, lamb chops and roast beef.

фор дэ фыш энд мит 'корсиз ви хэв бройлд 'самон, грилд пёрч, лэмб чопс энд 'роуст биф

Рыбного я есть не буду. Попробую ростбиф.

I won't have any fish. I'll try the roast beef.

ай 'воунт хэв эни фыш. айл трай дэ 'роуст биф

А мне что-то не хочется мясного. Пожалуй, закажу окуня.

And I don't want any meat. I'll have the perch.

энд ай доунт вонт эни мит. айд 'радэр 'ордэр пёрч

Я что можно заказать на десерт?

Now what is there for dessert?

нау вот ыз 'дэар фор дэ'сёрт?

Яблоки, мороженое, рисовый пудинг...

Apples, ice-cream, rice pudding . . .

эплз, 'айскрим, райс 'пудинг . . .

Может быть, по порции мороженого?

What do you say to ice-cream?

вот ду ю сэй ту 'айскрим?

Что ж, я не против.

That's fine with me.

дэтс файн выд ми

Итак, значит, две порции мороженого и бутылку шампанского.

So that's settled: two icecreams and a bottle of champagne.

соу дэтс сэтлд: ту 'айскримс энд э ботл ов шэм'пэйн

(После обеда)

(After dinner)

('эфтэр 'дынэр)

Ну, как вам понравился обед?

Well, how did you find the dinner?

вэл, 'хау дыд ю файнд дэ 'дынэр?

Прекрасный обед.

It was great.

ыт воз грэйт

116

(Официанту)

(To the waiter)
(ту дэ 'вэйтэр)

Сколько с нас?

Could we have our bill, please?
куд ви хэв 'ауэр был, плиз?

18. ПУТЕШЕСТВИЕ

18. TRAVELING

Слова и выражения

Words and Expressions

карта	**map** мэп
путеводитель	**guidebook** 'гайдбук
расписание	**timetable** 'таймтэйбл
бюро путешествий	**travel agency** трэвл 'эйджэнси
вокзал	**railroad station / train station** 'рэйлроуд стэйшн / трэйн стэйшн
справочное бюро	**information / information office** ынфор'мэйшн / ынфор'мэйшн 'офис
поезд	**train** трэйн
скорый поезд	**express train** экс'прэс трэйн
поезд дальнего следования	**long distance train** лонг 'дыстэнс трэйн
пригородный поезд	**local train / suburban train** 'лоукл трэйн / сэ'бёрбн трэйн
вагон	**car** кар
вагон-ресторан	**dining car** 'дайнинг кар
вагон для курящих	**smoker / smoking car** 'смоукэр / 'смоукинг кар
вагон для некурящих	**non-smoker / non-smoking car** 'нансмоукэр / 'нансмоукинг кар
багажный вагон	**baggage car** 'бэгидж кар

118

Russian	English / Pronunciation
купе	compartment кэм'партмэнт
полка	berth бёрф
нижняя полка	lower berth 'лауэр бёрф
верхняя полка	upper berth 'апэр бёрф
сетка для вещей	luggage rack 'лагидж рэк
постельные принадлежности	bedding 'бэдинг
билетная касса	ticket office 'тыкэт 'офис
касса предварительной продажи билетов	reservation's office / booking office рэзэр'вэйшнс 'офис / 'букинг 'офис
билет в один конец	one-way ticket ван вэй 'тыкэт
билет туда и обратно	return ticket / round-trip ticket рэ'тёрн 'тыкэт / 'раунд трып 'тыкэт
прибытие	arrival э'райвэл
отправление	departure дэ'парчэ
Где билетная касса?	Where is the ticket office? 'вэар ыз дэ 'тыкэт 'офис?
Дайте мне, пожалуйста, билет до Бостона, купейный, туда и обратно.	I'd like a ticket to Boston, coach, round-trip. айд лайк э 'тыкэт ту 'бостон, 'коуч, 'раунд трып
Сколько стоит билет до Вашингтона?	How much is the fare to Washington? 'хау мач ыз дэ 'фэар ту 'вошингтон?
полцены	half price 'хэф прайс
полная стоимость	full fare 'фул 'фэар
Дайте мне, пожалуйста, нижнюю / верхнюю полку.	Please give me a lower / an upper berth. плиз гыв ми э 'лауэр / эн 'апэр бёрф

Это поезд прямого сообщения?	Is it a through train? 'ызыт э фру трэйн?
Когда прибывает поезд из Нью-Йорка?	What time does the train from New York arrive? вот тайм даз дэ трэйн фром нью йорк э'райв?
С какой платформы отходит поезд?	What platform / gate does the train leave from? вот 'плэтформ / гэйт даз дэ трэйн лив фром?
Поезд отойдет по расписанию?	Will the train leave on time? выл дэ трэйн лив он тайм?
Простите, где здесь зал ожидания / камера хранения / бюро находок?	Excuse me. Can you tell me where the waiting room / baggage check / lost property office is? экс'кьюз ми. кэн ю тэл ми 'вэар дэ 'вэйтинг рум / 'бэгидж чэк / лост 'пропэрти 'офис ыз?
Где платформа номер 5?	Where is platform / gate / track No. 5? 'вэар ыз 'плэтформ / гэйт / трэк 'намбэр 5?
вход	entrance 'энтрэнс
выход	exit 'эгзит
к перронам	to the platforms ту дэ 'плэтформз
к поездам дальнего следования	to the main line trains ту дэ мэйн лайн трэйнс
Где носильщик?	Where is a porter? 'вэар ыз э 'портэр?
Пожалуйста, отнесите багаж к поезду номер 3.	Please take my baggage to train No. 3. плиз тэйк май 'бэгидж ту трэйн 'намбэр 3
Где мое купе?	Where is my compartment? 'вэар ыз май кэм'партмэнт?
Положите багаж наверх, пожалуйста.	Put my baggage up there, please. пут май 'бэгидж ап 'дэар плиз
Где проводник?	Where is the conductor? 'вэар ыз дэ кэн'дактэр?

Поезд номер 5 опаздывает на 10 минут.	Train No. 5 will be ten minutes late. трэйн 'намбэр 5 выл би тэн 'мынэтс лэйт
Сколько времени поезд стоит здесь?	How long does the train stop here? хау лонг даз дэ трэйн стоп 'хиэр?
Можно постелить?	May I make up the beds? мэй ай мэйк ап дэ бэдз?
Пожалуйста, достаньте мой чемодан.	Please get my suitcase down. плиз гэт май 'сьюткэйз 'даун
Это место свободно / занято?	Is this seat free / taken? ыз дыс сит фри / 'тэйкн?
Какая следующая станция?	Which is the next station? выч ыз дэ нэкст 'стэйшн?
аэродром	airport 'эарпорт
самолет	airplane / plane 'эарплэйн / плэйн
международные авиалинии	international airlines интэр'нэшэнэл 'эарлайнз
пилот	pilot 'пайлот
полет / рейс	flight флайт
внутренние авиалинии	domestic airlines до'мэстик 'эарлайнз
бирка на багаже	baggage tag 'бэгидж тэг
Есть ли автобусное сообщение с аэродромом?	Is there bus service to the airport? ыз 'дэар бас 'сёрвис ту дэ 'эарпорт?
Я хотела бы заказать два билета на рейс номер . . .	I'd like to book / reserve two tickets for flight No. . . . айд лайк ту бук / рэ'зёрв ту 'тыкэтс фор флайт 'намбэр . . .
Сколько стоит билет до Чикаго?	What's the fare to Chicago? вотс дэ 'фэар ту ще'каго?
Кормят ли в самолете?	Is food served on the plane? ыз фуд сёрвд он дэ плэйн?
Сколько времени продолжается полет?	How many hours does the flight take? хау 'мэни 'ауэрз даз дэ флайт тэйк?

Russian	English / Transcription
Я хочу отменить заказ на рейс номер 312 в Лос Анджелес.	I want to cancel my reservation on Flight 312 to Los Angeles. ай вонт ту 'кэнсэл май рэзэр'вэйшн он флайт 312 ту лос 'энджэлэс
Можно перенести заказ на рейс в Лондон?	May I change my reservation on the flight to London? мэй ай чэндж май рэзэр'вэйшн он дэ флайт ту 'ландон?
Когда вылетает самолет в Сан Франциско?	When is the flight to San Francisco? вэн ыз дэ флайт ту сэн фрэн'циско?
В котором часу следует зарегистрироваться?	What time do I have to check in? вот тайм ду ай хэв ту чэк ын?
Когда самолет вылетает / прилетает?	When does the plane leave / arrive? вэн даз дэ плэйн лив / э'райв?
регистрация	registration of tickets and luggage рэджи'стрэйшн ов 'тыкэтс энд 'лагидж
выход на посадку	boarding gate 'бординг гэйт
посадка	boarding 'бординг
сдача багажа	baggage check-in 'бэгидж чэк ын
выдача багажа	baggage collection 'бэгидж кэ'лэкшн
прибытие	arrival э'райвэл
отлет	departure дэ'парчэ
застегнуть ремни	fasten seat belts 'фэстэн 'ситбэлтс
не курить	no smoking ноу 'смоукинг
запасной выход	emergency exit э'мёрджэнси 'эгзит
Сколько стоит лишний вес?	What's the charge for excess baggage / overweight? вотс дэ чардж фор эк'сэс 'бэгидж / 'оувэрвэйт?

Самолет опаздывает на 15 минут.	**There will be a delay of 15 minutes.** 'дэар выл би э дэ'лэй ов 15 'мынэтс
Когда будет посадка на рейс С-312?	**When will Flight C-312 be boarding?** вэн выл флайт С-312 би 'бординг?
Меня тошнит.	**I feel sick. / I'm nauseated.** ай фил сык / айм носи'эйтид
Пожалуйста, принесите пакет / чай / стакан воды.	**Will you bring me a sick bag / a cup of tea / a glass of water?** выл ю брынг ми э сык бэг / э кап ов ти / э глас ов 'вотэр?
поездка	**trip** трып
путешествие по морю	**voyage** 'войэдж
переезд по морю / рейс	**passage** 'пэсидж
лодка / пароход / теплоход	**boat / steamship / steamer** 'боут / 'стимшып / 'стимэр
корабль	**ship / ocean liner** шып / 'оушн 'лайнэр
паром	**ferry** 'фэри
каюта	**cabin** 'кэбин
каюта ''люкс''	**stateroom** 'стэйт-рум
палуба	**deck** дэк
салон	**lounge** 'лаундж
мостик	**bridge** брыдж
мачта	**mast** мэст
нос (судна)	**bow** бау
корма	**stern** стёрн

трап	**gangplank** 'гэнгплэнк
маяк	**lighthouse** 'лайтхауз
матрос	**sailor** 'сэйлор
экипаж (судна)	**crew** крю
морская болезнь	**seasickness** 'сисыкнэс
спасательный пояс	**life belt / life preserver** лайф бэлт / лайф прэ'зёрвэр
спасательная шлюпка	**lifeboat** 'лайфбоут
круиз / морское путешествие	**cruise** круз
Как часто ходят теплоходы в Сан Франциско?	**How often do steamships go to San Francisco?** хау 'офэн ду 'стимшыпс 'гоу ту сэн фрэн'циско?
Когда теплоход приходит в Марсель?	**When does the steamship arrive at Marseilles?** вэн даз дэ 'стимшып э'райв эт мар-'сэйлз?
Когда отплывает теплоход в Неаполь?	**When does the steamship for Naples leave?** вэн даз дэ 'стимшып фор 'нэйплз лив?
Где я могу найти капитана / официанта?	**Where can I find the captain / steward?** 'вэар кэн ай файнд дэ 'кэптэн / 'стюэрд?
Сколько стоит билет до Лондона?	**How much is passage to London?** хау мач ыз 'пэсидж ту 'ландон?
Я хотел бы каюту первого класса.	**I would like a first class cabin.** ай вуд лайк э фёрст клэс 'кэбин
Где каюта номер 3?	**Where is cabin No. 3?** 'вэар ыз 'кэбин 'намбэр 3?
Можно подняться на верхнюю палубу?	**May I go to the upper deck?** мэй ай гоу ту дэ 'апэр дэк?
Когда отходит пароход?	**When does the boat sail?** вэн даз дэ 'боут сэйл?

124

Когда я должен вернуться на пароход?	When should I be on board? вэн шуд ай би он борд?
У меня морская болезнь.	I feel seasick. ай фил 'сисык
Мы здесь причалим?	Do we land here? ду ви лэнд 'хиэр?
Я бы хотел сойти на берег.	I'd like to go ashore. айд лайк ту гоу э'шор
Где можно получить складное кресло?	Where can I get a deck chair? 'вэар кэн ай гэт э 'дэкчэар?
Как выйти на нижнюю палубу?	How can I get out on the lower deck? хау кэн ай гэт аут он дэ 'лауэр дэк?
Принесите постельное белье и полотенца, пожалуйста.	Please bring my bedding and towels. плиз брынг май 'бэдинг энд 'тауэлз
Пожалуйста, постелите мне кровать.	Would you mind making up my berth? вуд ю майнд 'мэйкинг ап май бёрф?
Как называется это место?	What is the name of this place? вот ыз дэ нэйм ов дыс плэйс?
Закройте, пожалуйста, иллюминатор.	Please close the porthole. плиз 'клоуз дэ 'портхоул

Иллюстративный диалог	*Sample Dialogue*
Мне нужно два билета на поезд 10.20 до Чикаго.	I want two tickets for the 10:20 train to Chicago, please. ай вонт ту 'тыкэтс фор дэ тэн твэнти трэйн ту ще'каго, плиз
Вам билеты туда и обратно, сэр?	Return tickets, sir? рэ'тёрн 'тыкэтс, сёр?
Нет, только в один конец.	No, one-way, please. ноу, ван вэй, плиз
Верхние или нижние места?	Upper or lower berths? 'апэр ор 'лауэр бёрфс?
Два нижних, пожалуйста.	Two lowers, please. ту 'лауэрс, плиз
Вот, пожалуйста. Пять долларов сдачи, сэр.	Here you are. Five dollars change, sir. 'хиэр ю ар. файв 'доларс чэндж, сёр
Большое спасибо.	Thank you very much. фэнк ю 'вэри мач

Носильщик! Вот два чемодана, поезд 10.20 до Чикаго. Кстати, с какой платформы отправляется поезд?

С третьей, сэр.

Porter! Here are two suitcases for the 10:20 to Chicago. What gate does it leave from?

'портэр! 'хиэр ар ту 'сьюткэйсиз фор дэ тэн 'твэнти ту ще'каго. вот гэйт даз ыт лив фром?

Gate 3, sir.

гэйт фри, сёр

19. ГОСТИНИЦА

19. HOTEL

Слова и выражения

Words and Expressions

гостиница	**hotel / inn** хо'тэл / ын
мотель	**motel** мо'тэл
горничная	**maid** мэйд
администратор	**manager** 'мэнэджэр
телефонистка	**telephone operator** 'тэлэфоун опэ'рэйтор
вестибюль / холл	**lounge / lobby** 'лаундж / 'лоби
этаж	**floor** флор
лифт	**elevator** 'элэвэйтор
остановиться в гостинице	**to stay / to stop at a hotel** ту стэй / ту стоп эт э хо'тэл
зарегистрироваться при въезде в гостиницу	**to check in** ту чэк ын
освободить номер, заплатить за проживание в гостинице	**to check out** ту чэк аут
Где администратор?	**Where is the manager?** 'вэар ыз дэ 'мэнэджэр?
Я заказал номер.	**I've booked a room.** айв букт э рум
У меня был сделан предварительный заказ.	**I have a reservation.** ай хэв э рэзэр'вэйшн
Мы заказали два номера.	**We have reserved two rooms.** ви хэв рэ'зёрвд ту румз

127

Я хотел бы получить ...	I'd like ... айд лайк ...
одноместный номер	a single room э сынгл рум
двухместный номер	a double room э дабл рум
номер с двумя кроватями	a room with twin beds э рум выд твын бэдз
номер с двуспальной кроватью	a room with a double bed э рум выд э дабл бэд
номер с ванной / с душем	a room with a bath / a shower э рум выд э бэф / э 'шауэр
номер с хорошим видом из окна	a room with a view э рум выд э 'вью
номер с балконом	a room with a balcony э рум выд э 'бэлкони
Есть ли в номере кондиционер / отопление?	Is there air conditioning / heating in the room? ыз 'дэар 'эар кэн'дышнинг / 'хитинг ын дэ рум?
Я хотел бы, чтобы в номере было тихо.	I'd like to have a quiet room. айд лайк ту хэв э 'кваэт рум
Я хотел бы получить номер этажом пониже / повыше.	I'd rather have something lower down / higher up. айд 'радэр хэв 'самфинг 'лоуэр 'даун / 'хайэр ап
Сколько стоит номер ...	How much is the room ... хау мач ыз дэ рум ...
в сутки?	per night? пэр найт?
в неделю?	per week? пэр вик?
с завтраком?	with bed and breakfast? выд бэд энд 'брэкфэст?
с полным пансионом?	for full board? / American plan? фор фул борд / э'мэрикн плэн?
без питания?	without meals? / European plan? вы'даут милз / юро'пиэн плэн?

Включено ли в оплату . . .

Does that include . . .
даз дэт ин'клуд . . .

обслуживание?

service?
'сёрвис?

питание?

meals?
милз?

Есть ли у вас что-нибудь подешевле?

Do you have anything cheaper?
ду ю хэв 'энифинг 'чипэр?

Это слишком дорого.

This is too expensive.
дыс ыз ту экс'пэнсив.

Сколько надо платить за ребенка / за детей?

What's the price for the baby / for children?
вотс дэ прайс фор дэ 'бэйби / фор 'чилдрэн?

Я пробуду здесь два дня.

I'll be here for two days.
айл би 'хиэр фор ту дэйз

Мы пробудем здесь . . .

We'll be staying . . .
вил би 'стайинг . . .

только сутки

overnight only
'оувэрнайт 'онли

по крайней мере, несколько дней

a few days at least
э фью дэйз эт лист

Мы еще не знаем, сколько дней мы здесь пробудем.

We don't know yet how long we'll be staying here.
ви 'доунт ноу йет хау лонг вил би 'стэйинг 'хиэр

На каком этаже этот номер?

What floor is the room on?
вот флор ыз дэ рум он?

Ваш номер на втором этаже.

Your room is on the second floor.
ёр рум ыз он дэ 'сэконд флор

Можно ли посмотреть номер?

May I see the room?
мэй ай си дэ рум?

Мне не нравится этот номер.

I don't like this room.
ай 'доунт лайк дыс рум

Он слишком . . .

It's too . . .
ытс ту . . .

большой

large
лардж

маленький	**small** смол
темный	**dark** дарк
холодный	**cold** 'коулд
жаркий	**hot** хот
шумный	**noisy** 'нойзи

Нет ли у вас номера получше?	**Have you anything better?** хэв ю 'энифинг 'бэтэр?
Я просил номер с лучшим видом.	**I asked for a room with a better view.** ай эскт фор э рум выд э 'бэтэр вью
Прекрасно. Это подойдет.	**That's fine. I'll take it.** дэтс файн. айл тэйк ыт
Заполните, пожалуйста, бланк для регистрации.	**Would you mind filling in the registration form?** вуд ю майнд 'фылинг ын дэ рэджи-'стрэйшн форм?
Распишитесь здесь, пожалуйста.	**Sign here, please.** сайн 'хиэр, плиз
Позаботьтесь, пожалуйста, о моих вещах.	**Can you see to my luggage?** кэн ю си ту май 'лагидж?
Какой у меня номер?	**What's my room number?** вотс май рум 'намбэр?
Отправьте, пожалуйста, мой багаж в номер.	**Please have my luggage taken up to my room.** плиз хэв май 'лагидж тэйкн ап ту май рум
Сумку я возьму с собой.	**I'll take the bag with me.** айл тэйк дэ бэг выд ми
Извините, не могли бы вы мне помочь?	**Excuse me. Could you help me, please?** экс'кьюз ми. куд ю хэлп ми плиз?
Разрешите мне вам помочь.	**May I help you?** мэй ай хэлп ю?
Кто там?	**Who is it?** ху 'ызыт?

130

Войдите!	Come in. кам ын
Пришлите, пожалуйста, горничную.	Please ask the maid to come up. плиз эск дэ мэйд ту кам ап
Гостиница открыта всю ночь?	Is the hotel open all night? ыз дэ хо'тэл 'оупэн ол найт?
Пришлите, пожалуйста, чай / кофе / бутерброд.	Please send up tea / coffee / a sandwich. плиз сэнд ап ти / 'кофи / э 'сэндвич
Можно ли попозже / пораньше?	Can I eat later / earlier? кэн ай ит 'лэйтэр / 'ёрлиэр?
Можно ли получить завтрак в номер?	Can we have breakfast in our room? кэн ви хэв 'брэкфэст ын 'ауэр рум?
Если вы хотите, чтобы завтрак принесли вам утром в номер, позвоните в отдел обслуживания.	If you wish breakfast to be brought to your room in the morning, ring room service. ыф ю выш 'брэкфэст ту би брот ту ёр рум ын дэ 'морнинг, рынг рум 'сёрвис
Где розетка для электробритвы?	Where is the outlet for the razor? 'вэар ыз дэ 'аутлэт фор дэ 'рэйзэр?
Я хотел бы оставить это у вас в сейфе.	I'd like to leave these in your safe. айд лайк ту лив диз ын ёр сэйф
Пришлите мне, пожалуйста . . .	May I have . . . / Please send up . . . мэй ай хэв . . . / плиз сэнд ап . . .
дополнительное одеяло	an extra blanket эн 'экстра 'блэнкит
дополнительную подушку	an extra pillow эн 'экстра 'пилоу
настольную лампу	a reading lamp э 'ридинг лэмп
несколько вешалок	some extra hangers сам 'экстра 'хэнгэрс
мыло	soap 'соуп
несколько полотенец	some towels сам 'тауэлс

Где находится бар / парикмахерская / дамский туалет / мужской туалет?	**Where is a cocktail lounge / hairdresser's / ladie's room / men's room?** 'вэар ыз э кок'тэйл 'лаундж / 'хэар-дрэсэрз / 'лэйдиз рум / мэнс рум?
Вентилятор не работает.	**The fan doesn't work.** дэ фэн дазнт вёрк
Не горит свет.	**The light doesn't work.** дэ лайт дазнт вёрк
Раковина засорена.	**The wash basin is clogged / stuffed.** дэ вош 'бэйсин ыз клагд / стафт
Нет горячей воды.	**There is no hot water.** 'дэар ыз 'ноу хот 'вотэр
Не движется штора.	**The blind is stuck.** дэ блайнд ыз стак
Я забыл ключ в номере.	**I've left my key in the room.** айв лэфт май ки ын дэ рум
Перегорела лампочка.	**The bulb is burnt out.** дэ балб ыз бёрнт 'аут
Сломан штепсель / выключатель.	**The plug / switch is broken.** дэ плаг / свыч ыз 'броукн
Мне никто ничего не передавал?	**Is there any message for me?** ыз 'дэар эни 'мэсидж фор ми?
Мне никто не звонил?	**Did anyone phone me?** дыд 'эниван 'фоун ми?
Нет ли для меня писем?	**Is there any mail for me?** ыз 'дэар эни мэйл фор ми?
Я хотел бы позвонить по телефону; это здесь, в городе.	**I want to make a local call.** ай вонт ту мэйк э 'лоукэл кол
Не могли бы вы убрать мой номер сейчас?	**Could you please clean my room now?** куд ю плиз клин май рум нау?
Пожалуйста, уберите мой номер позднее.	**Please come back and clean later.** плиз кам бэк энд клин 'лэйтэр
Пожалуйста, поменяйте постельное белье.	**Please change the sheets.** плиз чэндж дэ шитс
Можно ли отдать вещи в стирку?	**Do you have laundry service?** ду ю хэв 'лондри 'сёрвис?
Где можно погладить?	**Where can I iron?** 'вэар кэн ай 'айрон?

Я уезжаю завтра.	I'm checking out tomorrow. айм 'чэкинг аут ту'мороу
Я должен уехать немедленно.	I've got to leave at once. айв гот ту лив эт ванс
Приготовьте, пожалуйста, счет.	Please have my bill ready. плиз хэв май был 'рэди
Не могли бы вы вызвать мне такси?	Could you please call a cab for me? куд ю плиз кол э кэб фор ми?
Закажите мне, пожалуйста, такси к восьми часам утра.	Can you arrange to have a taxi here at eight in the morning? кэн ю э'рэндж ту хэв э 'тэкси эт эйт ын дэ 'морнинг?
Попросите, пожалуйста, отнести мои вещи вниз.	Would you please have my bags brought down? вуд ю плиз хэв май бэгз брот 'даун?
Сообщите мне, пожалуйста, когда подъедет такси.	Please let me know when the taxi comes. плиз лэт ми 'ноу вэн дэ 'тэкси камз
Спасибо, здесь было очень приятно.	Thank you for a pleasant stay. фэнк ю фор э 'плэээнт стэй

Иллюстративный диалог	*Sample Dialogue*
Здравствуйте! Я хотел бы получить одноместный номер.	Good morning. I'd like to have a single room. гуд 'морнинг. айд лайк ту хэв э сынгл рум
У вас был предварительный заказ, сэр?	Have you made a reservation, sir? хэв ю мэйд э рэзэр'вэйшн, сёр?
Да. Меня зовут Джордж Браун. Я звонил и забронировал одноместный номер с ванной.	Yes. My name is George Brown. I called and reserved a single room with bath. йес. май нэйм ыз джёрдж 'браун. ай колд энд рэ'зёрвд э сынгл рум выд э бэф
Извините, я не совсем расслышал вашу фамилию.	I'm sorry. I didn't quite catch your name. айм 'сори. ай дыднт квайт кэтч ёр нэйм
(Браун произносит свою фамилию по буквам.)	It's B, R, O, W, N. ытс би, ар, оу, даблъю, эн
Ах, Браун. Пожалуйста, сэр. Номер 33.	Oh yes, Brown. Here you are, sir. Room No. 33. 'оу йес, 'браун. 'хиэр ю ар, сёр. рум 'намбэр 'фёрти фри

А куда выходят окна этого номера, на улицу или во двор?

Is it a front room or in the back?
'ызыт э франт рум ор ын дэ бэк?

На улицу.

It's a front room.
ытс э франт рум

Я бы предвочел номер с окнами во двор. Там, знаете ли, обычно значительно спокойнее.

I'd have preferred one facing the courtyard. It's generally much quieter there.
айд хэв прэ'фёрд ван 'фэйсинг дэ 'кортярд. ытс 'джэнэрэли мач 'кваэтэр 'дэар

Вы увидите, как тихо в этой комнате. Она выходит окнами на небольшой тихий скверик.

You will find this room perfectly quiet. It looks out on a quiet little square.
ю выл файнд дыс рум 'пёрфэктли 'кваэт. ыт лукс 'аут он э 'кваэт лытл 'сквэар

Хорошо. Сколько стоит этот номер в сутки?

All right. What's the price for a room overnight?
ол райт. вотс дэ прайс фор э рум 'оувэрнайт?

50 долларов в сутки, включая завтрак. Можно узнать, сколько времени вы у нас пробудете?

$50.00 per day including breakfast. May I ask you how long you are planning to stay with us?
'фифти 'долларс пэр дэй ин'клудинг 'брэкфэст. мэй ай эск ю хау лонг ю ар 'плэнинг ту стэй выд ас?

Я думаю пробыть здесь, по крайней мере, неделю.

I'm planning to stay at least a week.
айм 'плэнинг ту стэй эт лист э вик

Прекрасно. Известите нас, пожалуйста, за день до вашего отъезда. Тогда мы сможем приготовить ваш счет заранее.

Fine. Would you mind letting us know the day before you intend to leave? We'll have your bill ready for you when you check out.
файн. вуд ю майнд 'лэтинг ас 'ноу дэ дэй би'фор ю интэнд ту лив? вил хэв ёр был 'рэди фор ю вэн ю чэк аут

Хорошо, обязательно дам вам знать. А в котором часу завтрак?

OK. I'll be sure to let you know. What time is breakfast?
оу'кэй, айл би 'шуар ту лэт ю ноу. вот тайм ыз 'брэкфэст?

Завтрак с 7 до 10.

Breakfast is served from seven to ten.
'брэкфэст ыз сёрвд фром сэвн ту тэн

Отлично. Я обычно встаю в 8 часов.

Good. I usually get up at eight o'clock.
гуд. ай 'южиэли гэт ап эт эйт о клок

Очень хорошо, сэр. Вот ваш ключ. Посыльный проводит вас.

Very well, sir. Here is your key. The boy will show you up to the room.

'вэри вэл, сёр. 'хиэр ыз ёр ки. дэ бой выл 'шоу ю ап ту дэ рум

Спасибо.

Thank you.

фэнк ю

20. ОСМОТР ДОСТОПРИМЕЧАТЕЛЬНОСТЕЙ; МУЗЕЙ; ТЕАТР; КИНО; КОНЦЕРТ

20. SIGHTSEEING, ARTS AND ENTERTAINMENT

Слова и выражения

Words and Expressions

искусство

art
арт

изобразительное искусство

fine art
файн арт

западно-европейское искусство

Western art / European art
ʼвэстэрн арт / юроʼпиэн арт

восточное искусство

Oriental art
ориʼэнтэл арт

старина

antique
анʼтик

музыка

music
ʼмьюзик

живопись

painting
ʼпэйнтинг

керамика

pottery
ʼпотэри

скульптура

sculpture
ʼскалпчэр

архитектор

architect
ʼаркитэкт

художник

painter
ʼпэйнтэр

скульптор

sculptor
ʼскалптор

памятник

memorial
мэʼмориэл

монумент

monument
ʼмоньюмэнт

136

статуя	statue 'стэтуэ
церковь	church чёрч
храм	temple тэмпл
собор	cathedral кэ'фидрэл
крепость	fortress 'фортрэс
выставка	exhibition / exhibit эгзы'бышн / эг'зыбыт
У вас есть путеводитель по городу?	Do you have a guidebook of the town? ду ю хэв э 'гайдбук ов дэ 'таун?
Какие достопримечательности стоит посмотреть?	What are the main points of interest? вот ар дэ мэйн пойнтс ов 'интэрэст?
Извините, пожалуйста. Где здесь экс-курсионное бюро?	Excuse me. Where is the Tourist Office? экс'кьюз ми. 'вэар ыз дэ 'турист 'офис?
Что бы вы посоветовали посмотреть?	Can you recommend a sightseeing tour? кэн ю рэко'мэнд э 'сайтсиинг тур?
Есть ли в городе соборы и церкви, которые стоит осмотреть?	Are there any cathedrals and churches worth seeing? ар дэар эни кэ'фидрэлз энд 'чёрчиз вёрф 'сиинг?
Как называется эта церковь?	What's the name of this church? вотс дэ нэйм ов дыс чёрч?
Когда церковь открыта?	When is the church open? вэн ыз дэ чёрч 'оупэн?
Когда бывает служба?	When are the services? вэн ар дэ 'сёрвисэз?
католическая церковь	Catholic church 'кэфолик чёрч
баптистская церковь	Baptist church 'бэптист чёрч
православная церковь	Orthodox church 'орфодокс чёрч
синагога	synagogue 'сынагог

Нам хотелось бы посмотреть старую часть города.	We want to see the old part of the city. ви вонт ту си дэ олд парт ов дэ 'сити
Где здесь музей изобразительных искусств?	Where is the Museum of Fine Arts? 'вэар ыз дэ мью'зиум ов файн артс?
Вход бесплатный?	Is the admission free? ыз дэ эд'мышн фри?
Сколько стоит билет?	What is the admission charge? вот ыз дэ эд'мышн чардж?
Какая сейчас в музее выставка?	What exhibition is there at the moment? вот эгзы'бышн ыз 'дэар эт дэ 'моу-мэнт?
Кто написал эту картину?	Who painted this picture? ху 'пэйнтид дыс 'пикчэр?
Это великолепно.	It's superb. ытс сэ'пёрб
Это интересно.	It's interesting. ытс 'интэрэстинг
Это скверно.	It's terrible. ытс 'тэрибл
Когда открыт музей восточных культур?	When is the Museum of Oriental Art open? вэн ыз дэ мью'зиум ов ори'энтэл арт 'оупэн?
Как туда проехать?	How can I get there? 'хау кэн ай гэт 'дэар?
Это далеко?	Is it far? 'ызыт фар?
Когда начинается экскурсия?	When does the tour start? вэн даз дэ тур старт?
Когда закрывается музей?	When does the museum close? вэн даз дэ мью'зиум 'клоуз?
Где можно купить каталог?	Where can I buy a catalogue? 'вэар кэн ай бай э 'кэтолог?
Когда был основан город?	When was the city founded? вэн воз дэ 'сити 'фаундид?
Что это за здание?	What is that building? вот ыз дэт 'былдинг?
Когда оно было построено?	When was it built? вэн воз ыт былт?

Это поразительно.	It's amazing. ытс э'мэйзинг
Это прекрасно.	It's beautiful. ытс 'бьютифул
Я интересуюсь нумизматикой.	I'm interested in coins. айм 'интэрэстид ын койнз
Что сегодня идет в театре?	What's on at the theatre today? вотс он эт дэ 'фиэтр ту'дэй?
Эту пьесу стоит посмотреть?	Is the play worth seeing? ыз дэ плэй вёрф 'сиинг?
Кто играет главную роль?	Who's playing the lead? хуз 'плэйинг дэ лид?
Кто режиссер?	Who's the director? хуз дэ ди'рэктор?
Есть ли еще билеты на сегодня?	Are there any tickets for tonight? ар 'дэар эни 'тыкэтс фор ту'найт?
Я могу поговорить с администратором?	May I see the manager? мэй ай си дэ 'мэнэджэр?
Извините, но все билеты проданы.	I'm sorry, we're sold out. айм 'сори, вир солд 'аут
Мне хотелось бы послушать оперу.	I would like to hear an opera. ай вуд лайк ту 'хиэр эн 'опэрэ
Можно заказать билеты на завтра?	Could I reserve tickets for tomorrow? куд ай рэ'зёрв 'тыкэтс фор ту'мороу?
Два билета в партере, пожалуйста.	Two tickets in the orchestra, please. ту 'тыкэтс ын дэ 'оркэстра, плиз
Где эти места?	Where are these seats? 'вэар ар диз ситс?
партер	orchestra 'оркэстра
правая сторона	right side райт сайд
левая сторона	left side лэфт сайд
середина	center 'сэнтэр
амфитеатр	balcony 'бэлкони

бельэтаж	**dress circle** дрэс сёркл
ярус	**tier** 'тайэр
ложа	**box** бокс
ряд	**row** 'роу
место	**seat** сит
Нет ли у вас мест получше?	**Do you have any better seats?** ду ю хэв 'эни 'бэтэр ситс?
Где находится буфет?	**Where are the refreshments located?** 'вэар ар дэ рэ'фрэшмэнтс ло'кэйтид?
Когда начинается / кончается спектакль?	**When does the performance begin / end?** вэн даз дэ пэр'формэнс бэ'гин / энд?
Какой сегодня балет?	**What's on at the ballet tonight?** вотс он эт дэ 'бэлэй ту'найт?
Мне бы хотелось пойти на концерт симфонической музыки.	**I'd like to go to the simphony.** айд лайк ту гоу ту дэ 'сымфони
Я бы предпочла легкую музыку / рок-музыку / джаз / народную музыку.	**I'd prefer pops / rock / jazz / country music.** айд прэ'фёр попс / рок / джэз / 'кантри 'мьюзик
У вас нет лишнего билета?	**Do you have a spare / extra ticket?** ду ю хэв э 'спэар / 'экстра 'тыкэт?
Программу, пожалуйста.	**A program, please.** э 'програм, плиз
Вот ваше место.	**This is your seat.** дыс ыз ёр сит
Простите, где здесь туалет?	**Excuse me, where is the restroom?** экс'кьюз ми, 'вэар ыз дэ 'рэструм?
Какие фильмы сейчас идут?	**What movies are on now?** вот 'мувиз ар он 'нау?
Не могли бы вы мне посоветовать хороший фильм?	**Can you recommend a good movie?** кэн ю рэко'мэнд э гуд 'муви?
Что это за фильм?	**What sort of movie is it?** вот сорт ов 'муви 'ызыт?

Мне бы хотелось посмотреть музыкальную комедию.

I would like to see a musical.
ай вуд лайк ту си э 'мьюзикэл

Это документальный фильм?

Is it a documentary?
'ызыт э докью'мэнтэри?

Я очень люблю мультфильмы.

I like cartoons very much.
ай лайк кэр'тунз 'вэри мач

В каком кинотеатре идет этот детектив / приключенческий фильм / фильм ужасов?

Where is this mystery / adventure / horror movie playing?
'вэар ыз дыс 'мыстэри / эд'вэнчэр / 'хорор 'муви 'плэинг?

Дайте мне, пожалуйста, два билета на семичасовой сеанс.

Two tickets for seven o'clock showing, please.
ту ' тыкэтс фор сэвн о клок 'шоуинг плиз

Иллюстративный диалог

Sample Dialogue

Что ты делаешь сегодня вечером?

What are you doing tonight?
вот ар ю 'дуинг ту'найт?

Ничего особенного. А что?

Nothing special. Why?
'нафинг 'спэшиэл. вай?

Я думал пойти в кино. Ты видел новый фильм с участием Голды Хон?

I was thinking of taking in a movie. Have you seen the new Goldie Hawn movie?
ай воз 'финкинг ов 'тэйкинг ын э 'муви. хэв ю син дэ нью 'голди хон 'муви?

Нет еще. А что, он уже идет?

Not yet. Has it opened already?
нот йет. хэз ыт 'оупэнд ол'рэди?

Да.

Yes, it has.
йес, ыт хэз

А как насчет билетов?

How about tickets?
'хау э'баут 'тыкэтс?

Я уже купил билеты на девять часов вечера. Хочешь пойти? У меня есть лишний билет.

I've already got tickets for tonight at nine. Would you like to go? I've got a spare ticket.
айв ол'рэди гот 'тыкэтс фор ту'найт эт найн. вуд ю лайк ту гоу? айв гот э 'спэар 'тыкэт

Конечно. С удовольствием.

Sure I'd love to.
'шуар. айд лав ту

Отлично!

Great!
грэйт!

Посмотри, какая большая очередь за билетами!

Look! What a long line for tickets!
лук! вот э лонг лайн фор 'тыкэтс!

Конечно, этот фильм пользуется большой популярностью.

Of course, this movie is very popular.
ов корс, дыс 'муви ыз 'вэри 'попьюлар

Где бы ты хотел сесть?

Where would you like to sit?
'вэар вуд ю лайк ту сыт?

Давай сядем подальше от экрана.

Let's sit back further from the screen.
лэтс сыт бэк 'фёрдэр фром дэ скрин

Хорошо.

All right.
ол'райт

(После сеанса)

(After the movie)
('эфтэр дэ 'муви)

Ну, как тебе понравился фильм?

Well, how did you like it?
вэл, 'хау дыд ю лайк ыт?

О, он удивительно хорош.

Oh, it was terrific!
'оу, ыт воз тэ'рыфик!

ПРИЛОЖЕНИЕ 1. ЧИСЛА; ВРЕМЯ; ПОГОДА

APPENDIX 1: NUMBERS, TIME, AND WEATHER

Числа

Numbers

один
one
ван

два
two
ту

три
three
фри

четыре
four
фор

пять
five
файв

шесть
six
сыкс

семь
seven
сэвн

восемь
eight
эйт

девять
nine
найн

десять
ten
тэн

одиннадцать
eleven
и'лэвн

двенадцать
twelve
твэлв

тринадцать
thirteen
фёр'тин

четырнадцать
fourteen
фор'тин

пятнадцать
fifteen
фиф'тин

шестнадцать	**sixteen** сыкс'тин
семнадцать	**seventeen** сэвн'тин
восемнадцать	**eighteen** эй'тин
девятнадцать	**nineteen** найн'тин
двадцать	**twenty** 'твэнти
двадцать один	**twenty-one** твэнти'ван
двадцать два	**twenty-two** твэнти'ту
двадцать три	**twenty-three** твэнти'фри
двадцать четыре	**twenty-four** твэнти'фор
двадцать пять	**twenty-five** твэнти'файв
двадцать шесть	**twenty-six** твэнти'сыкс
двадцать семь	**twenty-seven** твэнти'сэвн
двадцать восемь	**twenty-eight** твэнти'эйт
двадцать девять	**twenty-nine** твэнти'найн
тридцать	**thirty** 'фёрти
сорок	**forty** 'форти
пятьдесят	**fifty** 'фифти
шестьдесят	**sixty** 'сыксти
семьдесят	**seventy** 'сэвнти

144

восемьдесят	**eighty** 'эйти
девяносто	**ninety** 'найнти
сто	**one hundred** ван 'хандрэд
двести	**two hundred** ту 'хандрэд
триста	**three hundred** фри 'хандрэд
четыреста	**four hundred** фор 'хандрэд
пятьсот	**five hundred** файв 'хандрэд
тысяча	**one thousand** ван 'фаузэнд
десять тысяч	**ten thousand** тэн 'фаузэнд
сто тысяч	**one hundred thousand** ван 'хандрэд 'фаузэнд
миллион	**one million** ван 'мыльен
первый	**first** фёрст
второй	**second** 'сэконд
третий	**third** фёрд
четвертый	**fourth** форс
пятый	**fifth** фифс
шестой	**sixth** сыксф
седьмой	**seventh** сэвнс
восьмой	**eighth** эйтс

девятый	**ninth** найнс
десятый	**tenth** тэнс
одиннадцатый	**eleventh** и'лэвнс
двенадцатый	**twelfth** 'твэлфс
тринадцатый	**thirteenth** фёр'тинс
четырнадцатый	**fourteenth** фор'тинс
пятнадцатый	**fifteenth** фиф'тинс
шестнадцатый	**sixteenth** сыкс'тинс
семнадцатый	**seventeenth** сэвн'тинс
восемнадцатый	**eighteenth** эй'тинс
девятнадцатый	**nineteenth** найнтинс
двадцатый	**twentieth** 'твэнтис
двадцать первый	**twenty-first** твэнти'фёрст
половина	**half** хэф
четверть	**a quarter** э 'квортэр
треть	**a third** э 'фёрд
дюжина	**a dozen** э 'дазн

Дни недели	Days of the Week
понедельник	**Monday** 'мандэй
вторник	**Tuesday** 'тьюздэй
среда	**Wednesday** 'вэнздэй
четверг	**Thursday** 'фёрсдэй
пятница	**Friday** 'фрайдэй
суббота	**Saturday** 'сэтэрдэй
воскресенье	**Sunday** 'сандэй
в понедельник	**on Monday** он 'мандэй
сегодня	**today** ту'дэй
вчера	**yesterday** 'йестэрдэй
позавчера	**the day before yesterday** дэ дэй би'фор 'йестэрдэй
завтра	**tomorrow** ту'мороу
послезавтра	**the day after tomorrow** дэ дэй 'эфтэр ту'мороу
два дня назад	**two days ago** ту дэйз э'гоу
через пять дней	**in five days** ын файв дэйз
сегодня вечером	**tonight** ту'найт
завтра утром	**tomorrow morning** ту'мороу 'морнинг
утром	**in the morning** ын дэ 'морнинг

днем	**in the afternoon** ын дэ 'эфтэрнун
вечером	**in the evening** ын дэ 'ивнинг
вчера вечером	**last night** лэст найт
ночью	**at night** эт найт
в следующую пятницу	**next Friday** нэкст 'фрайдэй
на следующей неделе	**next week** нэкст вик
через неделю	**in a week** ын э вик
сейчас	**now** нау
тотчас же	**at once** эт ванс
каждый день	**every day** 'эври дэй
каждую неделю	**every week** 'эври вик
на этой неделе	**this week** дыс вик
на прошлой неделе	**last week** лэст вик

Месяцы	*Months*
январь	**January** 'джэньюэри
февраль	**February** 'фэбруэри
март	**March** марч
апрель	**April** 'эйприл
май	**May** мэй

148

июнь	**June** джюн
июль	**July** джю'лай
август	**August** 'огэст
сентябрь	**September** сэп'тэмбэр
октябрь	**October** ок'тоубэр
ноябрь	**November** но'вэмбэр
декабрь	**December** ди'сэмбэр
в октябре	**in October** ын ок'тоубэр
в этом месяце	**this month** дыс манф
в следующем месяце	**next month** нэкст манф
через месяц	**in a month** ын э манф

Времена года	*Seasons of the Year*
осень / осенью	**fall / in fall** фол / ын фол
зима / зимой	**winter / in winter** 'вынтэр / ын 'вынтэр
весна / весной	**spring / in spring** спринг / ын спринг
лето / летом	**summer / in summer** 'самэр / ын 'самэр
прошлой осенью	**last fall** лэст фол
следующей весной	**next spring** нэкст спринг
этим летом	**this summer** дыс 'самэр

1979 год	nineteen seventy nine найн'тин 'сэвнти найн
в 1980 году	in nineteen eighty ын найн'тин 'эйти

Время	Telling Time
Который час?	What time is it? вот тайм 'ызыт?
Простите, вы не скажете, сколько сейчас времени?	Excuse me. Can you tell me the time? экс'кьюз ми. кэн ю тэл ми дэ тайм?
Сейчас ровно десять.	It is ten sharp. ы'тыз тэн шарп
Сейчас пять минут одиннадцатого.	It is five past ten. ы'тыз файв пэст тэн
Уже четверть первого.	It's already a quarter past twelve. ытс ол'рэди э 'квортэр пэст твэлв
Сейчас двадцать минут второго.	It's twenty minutes past one. ытс 'твэнти 'мынэтс пэст ван
Сейчас половина восьмого.	It's half past seven. / It's seven thirty. ытс хэф пэст сэвн / ытс сэвн 'фёрти
Сейчас без двадцати пяти шесть.	It's twenty five minutes to six. ытс 'твэнти файв 'мынэтс ту сыкс
Сейчас без пятнадцати девять.	It's a quarter to nine. ытс э 'квортэр ту найн
Сейчас без десяти двенадцать.	It's ten to twelve. ытс тэн ту твэлв
Мои часы спешат / отстают на две минуты.	My watch is two minutes fast / slow. май воч ыз ту 'мынэтс фэст / 'слоу
У меня остановились часы; мне нужно их завести.	My watch has stopped; I must wind it up. май воч хэз стопт; ай маст 'вайнд ыт ап
рано	early 'ёрли
поздно	late лэйт
в то время	at the time эт дэ тайм

в тот раз	that time дэт тайм
в этот раз	at this time эт дыс тайм
раз в день	once a day ванс э дэй
в будние дни	on weekdays он 'викдэйз
конец недели, выходные дни	weekend 'викэнд
рабочий день	working day 'вёркинг дэй
выходной день	day off дэй оф
праздник	holiday 'хольдэй
время от времени	from time to time фром тайм ту тайм
быстро, моментально	in no time ын 'ноу тайм
вовремя	on time / in time он тайм / ын тайм
на некоторое время	for a while фор э вайл
ненадолго	for a short time фор э щорт тайм
Время истекло.	Time is up. тайм ыз ап
Не спешите.	Take your time / Don't rush. тэйк ер тайм / 'доунт раш
Часы пробили восемь.	The clock is striking eight. дэ клок ыз 'страйкинг эйт

Число месяца	*Date*
Какое сегодня число?	What is the date today? вот ыз дэ дэйт ту'дэй?
Сегодня двадцать четвертое сентября.	Today is the twenty fourth of September. ту'дэй ыз дэ 'твэнти форс ов сэп'тэмбэр

151

Какой день недели сегодня?	**What day of the week is it today?** вот дэй ов дэ вик 'ызыт ту'дэй?
Сегодня среда.	**Today is Wednesday.** ту'дэй ыз 'вэнздэй
Какого числа это будет?	**What date will it be on?** вот дэйт выл ыт би он?
Первого мая.	**On the first of May.** он дэ фёрст ов мэй

Погода	*Weather*
Какая сегодня погода?	**What is the weather like today?** вот ыз дэ 'вэдэр лайк ту'дэй?
Сегодня ветрено / туманно / дождливо / солнечно / жарко / прохладно.	**It's windy / foggy / rainy / sunny / hot / cool today.** ытс 'винди / 'фоги / 'рэйни / 'сани / хот / кул ту'дэй
Какая стоит скверная погода!	**What nasty weather we are having!** вот 'нэсти 'вэдэр ви ар 'хэвинг!
Какая стоит прекрасная погода!	**What lovely weather we are having!** вот 'лавли 'вэдэр ви ар 'хэвинг!
Погода пасмурная.	**It is overcast.** ы'тыз 'оувэркэст
Сегодня довольно холодно / жарко.	**It's rather cold / warm today.** ытс 'радэр 'коулд / ворм ту'дэй
Сегодня хорошая / солнечная погода.	**It's fair / sunny today.** ытс 'фэар / 'сани ту'дэй
Погода хорошая / плохая.	**The weather is fine / bad.** дэ 'вэдэр ыз файн / бэд
Какая великолепная погода!	**What gorgious weather!** вот 'горджэз 'вэдэр!
Как отвратительны эти дождливые дни!	**How disgusting all these rainy days are!** хау дис'гастинг ол диз 'рэйни дэйз ар!
Вы хорошо загорели.	**You've got a good tan.** юв гот э гуд тэн
Не сидите долго на солнце, вы получите солнечный удар.	**Don't sit too long in the sun, you'll get a sunstroke.** 'доунт сыт ту лонг ын дэ сан, юл гэт э 'санстроук

Становится жарко.	**It's getting hot.** ытс 'гэтинг хот
Наступило бабье лето.	**It's Indian summer. / The Indian summer has set in.** ытс 'ындиэн 'самэр. / дэ 'ындиэн 'самэр хэз сэт ын
Идет снег.	**It's snowing.** ытс 'сноуинг
Скользко.	**It's slippery.** ытс 'слыпэри
Я мерзну.	**I am freezing.** ытс 'фризинг
Становится морозно.	**It's getting frosty.** ытс 'гэтинг 'фрости
Тает.	**It's thawing.** ытс 'фоувинг
Идет моросящий дождь.	**It's a drizzling rain.** ытс э 'дрызлинг рэйн
Идет ливень.	**It's a shower.** ытс э 'шауэр
Дождь льет как из ведра.	**It's raining cats and dogs.** ытс 'рэйнинг кэтс энд догс

ПРИЛОЖЕНИЕ 2. ИЗМЕРЕНИЯ

APPENDIX 2: MEASUREMENTS

Единицы измерения

Units of Measurement

километр	**kilometer** кило'митр
метр	**meter** митр
сантиметр	**centimeter** 'сэнтимитр
миля	**mile** майл
ярд	**yard** ярд
фут	**foot** фут
дюйм	**inch** ынч
квадратная миля	**square mile** сквэар'майл
акр	**acre** эйкр
квадратный фут	**square foot** сквэар'фут
квадратный дюйм	**square inch** сквэар'ынч
галлон	**gallon** 'гэлон

Перевод метрических единиц измерения
в англо-американскую систему

Линейные меры

1 км	=	0,62 мили					
1 м	=	3, 3 фута	=	1,1 ярда	=	39,4 дюйма	
1 см	=	0,033 фута	=	0,011 ярда	=	0,394 дюйма	

Меры площади

1 кв. км = 0,39 кв. мили
1 кв. м = 1,196 кв. ярдов
1 кв. см = 0,15 кв. дюймов

Меры веса

1 метрическая тонна = 0,984 "длинных" тонн = 2204 фунта
1 кг = 2,204 фунта = 35,27 унций
1 г = 0,035 унции

Меры жидкости

1 л = 0,264 галлона = 1,06 кварты = 2,11 пинты

Температура

При переводе из шкалы Цельсия в шкалу Фаренгейта исходное число умножают на 9/5 и к результату прибавляют 32:

$$F^o = (9/5 \times C^o) + 32$$

Пример.

Шкала Цельсия градусы	Шкала Фаренгейта градусы
100	212
90	194
80	176
70	158
60	140
50	122
40	104
30	86
20	68
10	50
0	32
− 10	14
− 20	− 4
− 30	− 22
− 40	− 40

Линейные меры

1 миля = 1760 ярдов = 5280 футов = 1,61 км
1 ярд = 3 фута = 91,44 см
1 фут = 12 дюймов = 30,48 см
1 дюйм = 2,54 см

Меры площади

1 кв. миля = 640 амер. акров = 259 га = 2,59 кв. км
1 акр = 0,405 га
1 кв. фут = 144 кв. дюйма = 929 кв. см
1 кв. дюйм = 6,45 кв. см

Меры веса

1 "длинная" тонна = 2240 фунтов = 1016 кг
1 фунт = 16 унций = 453,59 г
1 унция = 28,35 г

Меры жидкости

1 галлон = 4 кварты = 8 пинт = 3,785 л
1 кварта = 2 пинты = 0,946 л
1 пинта = 0,473 л

Температура

При переводе из шкалы Фаренгейта в шкалу Цельсия из исходного числа вычитают 32 и разность умножают на 5/9:

$$C^o = (F^o - 32) \times 5/9$$

Пример.

Шкала Фаренгейта градусы	Шкала Цельсия градусы
212	100
150	65,6
100	37,8
90	32,2
80	26,7
70	21,1
60	15,6
50	10,0
40	4,4
30	− 1,1
20	− 6,7
10	− 12,2
0	− 17,8
− 10	− 23,3
− 20	− 28,9
− 30	− 34,4
− 40	− 40,0

В 1989 ГОДУ ВЫ МОЖЕТЕ ПРИОБРЕСТИ В НАШЕМ ИЗДАТЕЛЬСТВЕ:

Аверинцев Сергей. «Религия и литература»	6.00
Аксенов В. «Аристофаниана с лягушками». (Пьесы.)	10.00
Альтшуллер и Дрыжакова. «Путь отречения»	16.50
Бочштейн Б. «Занимательная кремленология»	9.00
Визель Эли. «Завет» (Роман, 280 с.)	12.50
Горенштейн Ф. «Искупление» (Роман, 160 с.)	8.50
Губерман И. «Прогулки вокруг барака» (200 с.)	10.00
Довлатов Сергей. «Заповедник»	6.00
Довлатов Сергей. «Чемодан»	7.50
Езерская Белла. «Мастера» (Кн. 1 и 2)	8 и 10
Елагин Иван. «Тяжелые звезды» (Стихи)	12.00
Елагин Юрий. «Укрощение искусств» (Мемуары)	16.00
Еремин М. «Стихотворения» (160 с.)	8.50
Ефимов Игорь. «Архивы Страшного суда» (Роман)	8.50
Ефимов И. «Кеннеди, Освальд, Кастро, Хрущев»	13.50
Ефимов И. «Практическая метафизика»	8.50
Жемчужная З. «Пути изгнания» (Восп.)	14.00
Зайчик Марк. «Феномен» (Рассказы)	8.50
Зернова Руфь. «Женские рассказы» (160 с.)	7.50
Иванов Георгий. «Третий Рим» (Изб. проза)	14.00
Кенжеев Б. «Осень в Америке» (Стихи, 128 с.)	8.00
Косцинский К. «В тени Большого дома» (Восп.)	8.50
Лосев Лев. «Чудесный десант» (Стихи)	9.00
Лосев Лев. «Тайный советник» (Стихи)	8.00
Лосская Вероника. «Цветаева в жизни»	15.00
Мережковский Д. «Маленькая Тереза»	9.50
Павлова Ж. «Императорск. библиотека Эрмитажа»	15.00
Поповский М. «Дело академика Вавилова»	10.00
«Поэтика Бродского». (Статьи, ред. Л. Лосев)	12.00
Ратушинская И. «Сказка о трех головах»	7.50
Ратушинская Ирина. «Стихи»	8.50
Розинер Ф. «Весенние мужские игры»	8.50
Рыскин Г. «Осень на Виндзорской дороге»	8.50
Свирский Г. «Прощание с Россией» (Повесть)	8.50
Суслов Илья. «Мои автографы»	10.00
Суслов И. «Рассказы о тов. Сталине»	7.50
Телесин Ю. «1001 сов. полит. анекдот»	10.00
Тимофеев Лев. «Последняя надежда выжить»	10.00
Шварц Анатолий. «Жизнь и смерть М. Булгакова»	12.00
Штерн Людмила. «Под знаком четырех»	8.50
Штурман Дора. «Земля за холмом» (Статьи)	7.00
Эткинд Ефим. «Стихи и люди» (160 с.)	9.00

Заказы и чеки отправлять по адресу:
Hermitage, P. O. Box 410, Tenafly, N. J. 07670, U.S.A.
К стоимости заказа добавьте 2.00 дол. на пересылку
(независимо от числа заказываемых книг). При покупке
3-х и более книг — скидка 20%.